JN033994

目次

序章　言い訳しながら……

潤いがない。艶もハリもない。そして若さもない。あるのは、深く深く刻まれたシワと、増えて大きく黒ずんだシミと、消すに消せないニキビの痕。

鏡の向こうに私が見える。うっすら心が透けて見える。こちらは、干上がった水田のようにひび割れている。ケアが必要な状態。過去の傷が複雑な線として刻まれている。そして、最近できた無数の刺し傷。まるでスズメバチに襲われたかのようだ。

「お大事に」といったレベルではない。

父を亡くしてラスボスが登場した。厄介なことにそのラスボスとは血がつながっていた。ゲームの話ではない。私の人生の話だ。

昔からその傾向はあった。だから、争いが起きないように気を配り、対策も講じてきた。でも無駄だったようだ。

「えっ、そんな手でくる？」

そう思ったとたん、不覚にも言葉の毒にやられてしまった。その後も続く言葉の攻撃。いつしか立ち上がれなくなった。心に残る不快な思いと嘆きと悔しさと怒り。

こうなってしまうと、さすがの私も眠れない。笑えない。食べられない。心の三大疾病になった。ヘラヘラした表情の老犬に癒しを求め、私のファイトソングになったヒゲダン（Official 髭男 dism）とミレー（millet）の曲に元気をもらい、空を見上げる。

すっとぼけたような水色の空。不定形の雲が3つ、4つ……。

「どっからでも、かかってこいやー」というように、ラスボスの吐いた言葉が脳内でリフレインする。「考えるな、考えるな」と自分に命令を下す。でも一向に効果がない。毒が回り過ぎているのか、脳みそが暴走する。ラスボスとの電話連絡は遮断したというのに……。頭の中はまだ戦闘モードが継続中だ。倒すか、倒されるか、やられるか、やり返すか、毎日がこれだからたまらない。相手から刺されたところがヒリヒリとして痛む。曖昧に、「まあ、いいか」なんて忘れることもできない。ストレス満載。心が萎えていく……。

だから、文章を書くことにした。つまり心の棚卸し。整理しきれない思いをよっこらせっと、一度棚から下ろして整理すれば、スッキリとはいかなくても、今のぐちゃぐちゃ状態からは脱却できる。過去の経験から、そう思った。さあ、敗者復活戦するぞ。

国語辞書をパソコンの横に置き、走り書き用のノートも準備した。「やるぞ‼」と思ったら、もうひとりの私から物言いがついた。

「アホなことやってんと、早よ洗濯しいよ」

「ぼちぼちレシートの整理せなあかんでー」

「今日は燃えるゴミの日やでー」

「あの書類、もう出した？」

次から次へと飛び出す助言。

「後でするから……。ちゃんとするから……」

どこかで聞いたセリフ。そう、母のセリフだ。耳タコになっている母の言い訳だ。やっぱり血は争えない。似たくもないのに。

「ちょっと文章打ったら、するから……」

「ほんまかー？」

「ほんま、ほんまー」

調子のいいところまでそっくりだ。パソコンを打ち始める。でも、切りのいいところまで打たないと気が済まない。溜まりに溜まった買い物のレシートを見ないことにして、洗い物も先送りにして、洗濯物が溜まっているのも忘れた振りして打ち続ける。

9時半、老犬に餌をやる。自分の食事は後回しにして……。「えらいご飯、遅いなー」「世話の焼けるやっちゃなー」の犬の視線を振り払いながら、パソコンに向かう。

最近、老犬の私を見る目が厳しくなった……ような気がする。

「またやってたんかー。私のことをほったらかして……」

後ろめたい気持ちがそう感じさせるのだろう。今日も、犬に向かって言い訳をする。

「もうちょっとの辛抱。悪いけど我慢して。もうちょっとで打ち終わるから……」

老犬ともうひとりの私に、110回目の言い訳をする。気温21度、湿度62パーセント、
今日は薄曇り。5月のバラを愛でる散歩に、老犬と一緒に出かけてこよう。オーバーヒートした頭を冷やすために……。

第一章　いろいろなことがありまして

1．訳あり人生の始まり、始まり

私が覚えている中で一番古い記憶は、伯父の家（本家）で私たち家族が居候生活をしていた頃のことだ。といっても、もう60年も昔の話になるから、曖昧なことも多い。でも、トイレ落下危機一髪事件や飴玉ゴックン逆さ吊り事件、夜間にお漏らししちゃった事件が記憶として残っている。困ったことに、母から叱られて真っ暗な土蔵に閉じ込められたことも、冷たい漆喰の壁に触れると白黒の映像と共に蘇ってくる。

消してほしい記憶ほど、どうしてこうも鮮明に覚えているのだろう。成長過程で、どんどん記憶は追加され、上書き保存されていったはずなのに……。書き損じた鉛筆の線を消しゴムで消した時と同じだ。消したい記憶は、うっすら跡形を残し、傷のついた凹みとして消えることはなかった。だから中学生になるまで、閉所に対するかすかな怯えと、暗やみに対する得体のしれぬ不安が心に影を落としていた。悲しいほどに……。

この頃の私はおとなしい子どもだった。自分では、そんなに悪い子じゃなかったように思っているが、親の目からすれば違ったのだろう。きつく叱られたこと、泣いたことばかりが頭に浮かんでくる。私は悪い子だったのだろうか。

加えて、親に構ってもらった記憶も庇ってもらった記憶も、ほとんどなかった。あるのは寂しかった気持ちを、ひとり抱きしめて眠ったことぐらいだ。うっかりどこかで、私は楽しい思い出を置き忘れてきたのだろうか。

曖昧模糊として一向に思い出せないほど、寂しい幼少期だったということだ。


私の両親は農業に従事していた。両親がいない間、伯父の家で伯母と一緒に過ごした。私はおばあちゃん子ならぬ伯母ちゃん子だった。伯母は私の世話を担ってくれたけれど、一緒に遊ぶことはなく、もっぱらアイロンがけに忙しかった。だから、私は築山のある前栽(せんざい)で池の鯉を観察し、大きな庭石の上で日向ぼっこをした。年寄りのような子ども。私の遊び相手は誰もいなかった。妹ができるまでは……。

もともと父の実家は地主だった。つまり父は地主の息子、ボンボンだった。それが「農地解放」という時代の大きなうねりに翻弄され、農業をする羽目になった。全ては土地を守るため……。

父にとって農業は仕方なく就いた職業で、好きな職業ではなかったらしい。本当は、商業に絡む仕事に就きたかったようだ。

今まで左団扇で暮らしていたボンボンが、ある日突然土にまみれ、汗水たらして肉体労働者になるのだから、ある意味気の毒な話だ。しかし、問題はそこじゃない。過去の栄光にしがみつき、自分の考え方を変えることもできず、自分の就いた職業、農業を見下していたことだった。それは、自分で自分の首を絞めるようなもの。でも、その考え方を捨てず、死ぬまで過去に囚われ、固執していたことだった。

伯父夫婦には息子がふたりいた。だから、この家には子どもが3人（その後、私に妹ができて子どもは4人）ということになるのだが、この従兄たちとは10歳以上も歳が離れていたから、子どもではなく大人のように見えていた。なので実質、幼い子どもは私ひとり。つまり大人ばかりの家だった。

静かに過ごすことが当たり前の雰囲気があった。バタバタ走り回ったり、はしゃいだりすると、母からこっぴどく叱られたのを覚えている。

今でこそ、うるさいほどお喋りする私だが、その頃の私は、無口で引っ込み思案で、おとなしい子どもだった。しかし、おっちょこちょいでドジなところもあったから、トイレ落下危機一髪事件では、もう少しで命を落とすところだった。伯母に救助されていなかったら、たぶんあの世行き……。今頃天国か地獄か、どちらかにいたことだろう。

すなわち、伯母は私の命の恩人。大人になって減らず口を叩けるのも、好きなことに打ち込めるのも、全て伯母のおかげだと思っている。感謝しかない。

◇ここで、ちょっと寄り道

少しだけ名前の話をしよう。私の名前には「子」がつく。そして母の名前にも……。いかにもありがちな昭和の名前だが、母の読みはかなり変。皇室の方のような特殊な読み方をした。なので、今まで正しく読めた人はいない。

母の母、私から言えばおばあちゃんが、我が子を玉の輿に乗せようと試みて、こんな名前をつけたのか、はたまた母の父、私から言えばおじいちゃんが、我が子の名前に尊敬する皇族の名前を重ね合わせてつけたのか、詳しいことは知らないけれど、母の名前には美しいという字がついている。ちっとも美人じゃないのに、見目麗しくもないのに、母の名は美しい子と書く。母の顔を見ていると、あまりのギャップに不謹慎だが笑ってしまう。

ただ、この母の名前には親の愛が詰まっていることだけは確かだ。名前に使われている漢字も誰もが知っている漢字だから、名前を説明する時、実に簡単だ。ある意味羨ましい。

　翻って、私の名前の場合はそうはいかない。読みはよくある名前だが、こと漢字を説明するとなると、なかなか厄介だ。口頭ではいつも手子摺る。電話でのやり取りでも同じだ。

「お名前は？　どんな漢字を書くのですか？」相手から説明を求められると、はてさてどうしたものかと考え込んでしまう。自分の説明能力の低さを痛感しながら、説明開始。

「えーっと、中国の敦煌、分かります？　ブタのトンじゃなくて敦煌、莫高窟（ばっこうくつ）がある……。えっ、分からない？　それじゃあ、平敦盛、青葉の笛の……。えっ、知らない。うーん、では『なべぶた』分かります？　分かる。じゃあ、その下に口を書いて……」

　地名で攻めて、人名で攻めて、漢字の成り立ちの説明で落ち着く。しかし、ここからがまた難しい。部首で説明しようとしても、肝心の部首の名前がとっさに出てこないことだってあるし、たとえ部首名をすんなり言えたとしても、相手から「すみません。分からないのですが……」と理解してもらえないことだってある。こうして最終的に行き着くところは、いつも同じになる。

「教室の『教』、分かります？　えっ、分かる。じゃあ、その漢字の右側、『文』の出来損ないみたいなのを右につけてください……」

　と言ってから、念のため「もう一度最初から」と言って漢字の説明を復唱する。

　すると相手も、「分かりました」と言って、さらにもう一度復唱する。

「最後に子どもの『子』をつけると、私の名前です」

ここまでたどり着くとなぜかホッとする。相手が「分かりました」と答えて、最初から最後まで復唱し終わると、やれやれ一件落着と安堵する。

「ここまでの長旅、お疲れさまでした」

と自分にも相手にも労いの言葉をかけたくなる次第だ。本当に毎回疲れ果てる。説明がもたもたしてスムーズにいかなかった時は、試合後の敗戦投手のように悔しさが残る。次回こそはと、リベンジを誓う。しかしながら、まだうまい説明方法を見いだせていない。

同様に、子どもの頃に使っていた物の説明がこれまた大変だ。「おくどさん」も「はきだめ」も「手水鉢（ちょうずばち）」も「肥溜め（こえだめ）」も、「かどさき」も「つるべ落とし」も、今ではすっかり古代遺跡になり果てている。だから、うっかりその言葉を口にすると、

「それ何ですか？」

と問われることになる。そして相手の目は、江戸時代の人を見るような好奇の目に変わる。

随分昭和は遠くになったものだと思う。

平成が過去形で語られるくらいだから、当たり前かと自分を慰める。

　私は城の見学に行くと、妙に懐かしさを感じる。別にご先祖さんが城に住んでいたわけではない。居候していた伯父の家の階段が急勾配で、城の階段とその点がよく似ていたからだ。城の上層部に階段で上がる時、「そうそう、こうだった」と思い出しては、ニヤリとしてしまう。転がり落ちて、よくおでこにたんこぶを作ったっけ……。上段から忍者の真似をして飛び降りたよなー……。なんて他愛のない思い出で、子どもの頃が懐かしくなる。たぶん、還暦を過ぎたせいだろう。

　ジブリの映画を見た時も同じことを思う。『となりのトトロ』では、オート三輪の車に目が留まり、『火垂るの墓』では、蛍の光の描写と「サクマ式ドロップス」に懐かしさを感じ、脳裏に広がっていくのは里山の風景。

　山の木に縄を1本かけて手作りブランコで遊んだこと。木登りで枝が折れて、伐採され剣山化した笹原の中にゴム草履で着地したこと。たわわに実ったヤマモモをたらふく食べて、舌が赤紫色に染まったこと。蛇が鎌首を上げたようなウラシマソウを山で見つけ、ビビったこと。野兎のキツネ色の背中を見つけ、後を追ったこと……。

　平成は遠くになりにけり、昭和はもっと遠くになりにけり、私の思い出の記憶もどんどん遠くになりにけり。今ウラシマの私は、少し寂しい。

2. 新居へGO‼

子どもの頃のアルバムが何冊かある。一番古いアルバムを開くと、幼稚園の年長さんとおぼしき頃の写真が出てくる。その隣のページには、平屋の横っちょでポーズをとる私の写真。バッタを持って少し緊張気味かな？　日付が書かれていないから、何月何日のことかはよく分からないけれど、この平屋の建物は昔の我が家。伯父の家（本家）から引っ越して住んだ家だった。

なんでも近所の大工さんに格安で建ててもらったらしい。そのことを父は得意そうに何度も私たちに語って聞かせた。どうやら「**格安**」というところがポイントだったようだ。

畑に隣接する、こぢんまりとした**3LDK**の家だったが、土間に風呂の焚口があって、夜間になると飼い犬がこの土間で寝ていた。

トイレも水洗ではなかったが、小便器と和式の**2**つがあった。誰にも気兼ねなく利用できるところが、ありがたかった。とはいえ、父が使っている時は、私たち女性陣は使うことができなかった。小便器が和式トイレの前に設置されていたからだ。そういう意味では少々不便だったが、そんな贅沢を言っては罰が当たる。居候生活の時よりのびのび生活できた。

ただ、前にもまして貧乏だった。

昼間、両親は田畑に出ていた。妹とふたり、家で過ごした。子どもだけの時間はさぞかし自由だろうと思えるだろうが、実のところ、そうではなかった。あれもダメ、これもダメ、と縛りの多い家庭だった。

一、友だちと家の中で遊んではいけない。入れてもいけない。

二、友だちにトイレを貸してはいけない。

三、昼間、テレビはできるだけ見てはいけない。

ないないづくしの上に、遊び道具もない家だった。あるのはリンゴ箱、古びたむしろ、汚れたござ、藁で作った縄、木の棒に丸太といったところだった。要するにガラクタばかり家にはたくさんあったということだ。そうそう、小さな三輪車もあったっけ……。でも、友だちの家にあるボードゲームや人生ゲーム、カードゲームやリカちゃん人形なんて、夢のまた夢、その夢のまた夢と言いたいくらい何もなかった。だから自慢できるおもちゃの持ち合わせは私にはなかった。

教育評論家は「創造的な創作活動ができる素晴らしい環境」なんて絶賛するかもしれないけれど、子どもの私にとっては最悪の環境だった。惨めな思い出しかなかった。しかも私には、もれなく泣き虫の妹がついてくるから、苦笑いするくらいの悪条件が揃っていた。ということで、家に来る友だちは砂金のようにとても貴重価値のあるものだった。

友だちの○○ちゃんは「妹がいないこと」が遊ぶ時の条件だったし、××ちゃんは妹がいてもオッケーだけど、私の家に来るのはノーサンキュウだったから、友だちの家に行くか、出先で遊ぶかのどちらかになった。もちろん妹連れで。つまり妹がいる時、家に来る友だちはゼロということになる。たまにふらりとやって来る友だちはいたが、それもひとり。犬と遊びたくて来ていただけだったから、私と遊ぶわけではない。犬とひとしきり遊ぶと、満足して帰っていった。なんとシンプルな友だちづき合い。妹がいる時は、結果的にふたりっきりで遊ぶことが多くなった。

その反動からか、飼い犬とのつき合いは非常に濃くなった。だから、私は犬に育てられたような気がしている。馬鹿みたいに、飼い犬が人間に変身しないかと期待したこともあった。それほど人恋しさに飢えていた。そんなワンコ好き少女だった。

◇ここで、ちょっと寄り道

我が家の隣の家には、美大を出たおばさんが住んでいた。専攻は日本画。とても気さくなおばさんだった。時々、描いた絵を見てもらい、アドバイスをもらった。いつしか私の夢は美大に行き、日本画を習うことになった。愛用のクレパスを駆使して、時間がある時は風景や飼い犬をひとりごそごそと描いていた。そんな状態が中学1年まで続いた。

近所には他にも、年配で花好きのおばさんもいた。家に遊びに行くと、自宅で育てた花の種をくれた。「ハナビシソウ」「ペチュニア」「オシロイバナ」「ルコウソウ」など、いろいろな花の名前も教えてもらった。だから家が近いこともあって、足しげく通った。

花の種をもらうと、喜び勇んで自宅に戻り、手作りの花壇に種を蒔いた。うまく発芽する時もあれば、発芽がもうひとつの時もあったけれど、ドキドキしながら発芽するのを心待ちにした。発芽すると水をやり、世話をした。花の苗は私にとって子どものようなものだった。とても大事なものだった。

ある日、もらったペチュニアの種を蒔くと、たくさん発芽していた。早く大きくなれと連日楽しみにして見ていたら、ある日、忽然と姿を消した。あまりに不思議だったので、そのことを母に話した。

「なあーお母ちゃん、花の種を蒔いてたんやけど、突然消えてん、苗が。なんでや思う？」

「えっ、あれ花の苗やったん？　てっきり草やと思ったから、全部抜いて捨てたでー」

「ええええっ、うそ〜。信じられへん！」

憎き相手はなんと母。カラスやハトや虫だったら良かったけれど……。

「えらいぎょうさん、草が生えてきたなーって思ったから……」

「でも、あんなにぎょうさんは、急に生えてこんやろー。他の草は放ってあるやん」

恨めしそうに母を睨む。

「抜いてしもたんやから、諦め」

そう言って母はケロッとしたもんだ。

「そやけど……ひどいなー」

母の顔を凝視する。母は「何か問題でも」と言いたそうな顔で笑い返してくる。今も変わらない母のパターン。いつもこれでだまくらかす。こういう時は抜かりがない。


私と母はよく似ていた。しかし、母は大雑把な性格で、私は几帳面な性格だった。水と油ほど物の見方や対処の仕方は違っているのに、なぜだか外見は、親子とすぐ分かるほど似ていた。新旧揃い踏みのていをなしていた。

「こんなところは似なくても良かったのに」と何度嘆いたことだろう。スレンダーで垢ぬけた美人が母親であったなら、話は違ったことだろう。しかし現実は厳しい。

目の前にいる母は、鼻べちゃでエラ張りで、顔に凹凸がない平面顔で、手足が短くて身長が低い。私も同じ容姿をしている。ここまで揃ったら、もはや苦笑いするしかない。しかも妹は私と違って、「かわいい」の部類に属していた。なんでー？　同じ親から生まれ落ちた私としては、どうしても合点がいかなかった。

ある年の夏、妹とふたり、能登に旅行した。その時、民宿の子どもに言われた。

「お姉ちゃんたち、異母きょうだい？」

断じて異母姉妹ではない。即座に否定する。

「違うよ、きょうだいだよ」

「でも、全然似てない!!」

子どもの目は正直だ。似ていないものは似ていないのだ。母のＤＮＡが強いのが私で、父のＤＮＡが強いのが妹だった。妹は子どもの言葉を聞いて大笑いしていたけれど、姉の私は複雑だった。やっぱりそう思うよなー。

そして、私の娘にもそのＤＮＡがしっかりと受け継がれている。もちろん母のエラ張りも。マトリョーシカのような親子三代。

ある時、この親子三代で大阪に出かけた。心斎橋の画材店で、バッタリ友だちふたりに出くわした。「やあー」とこちらが声をかけるより先に、

「同じ顔が３つ……」

そう言って笑い出した。

「ちょっと失礼やでー」

と抗議すると

「だって顔、そっくりやもん」

漫才師のように手を叩きながら、転がらんばかりに爆笑している。

あっけにとられている母と我が娘。笑っていいのか、悲しんでいいのか、とても複雑な思いでそれを見つめる私。子どもの目も正直だったが、友だちの目もこれまた正直だった。

我が娘はどんな思いでそれを受け取ったのだろう。何だか怖くて聞けない私だった。

同じ頃の話。娘が通う小学校で、とある宿題が出た。なんでも自分のルーツを知ろう、親の子どもの頃のことを知ろう、というものだった。

娘からその主旨を聞かされ、「貸して」と言われたから、自分のアルバムから琵琶湖湖畔で撮った写真をはがして渡した。もちろん、写真は白黒写真。

小学校で授業が始まる。

「なんで自分の写真、持って来たん？」

「なんで白黒？　なんでカラー写真、違うちゃうのん？」

白黒写真には娘そっくりの私が写っていた。娘そっくりというのもおかしいのだが……。

不審がる友だちが重ねて訊く。

「なあー、お母さんの写真は?」

私と娘の違いを見つけられなかった友だちは、そう訊いたそうだ。

娘は、帰宅したばかりの私を捕まえ、愉快そうに報告をした。もちろん、例の写真を見せながら……。

「冗談抜きに、よう似てると思うわ」

そう言って娘はクスクス笑った。改めて写真を見る。娘そっくりの私が写っている。醸し出している雰囲気もそっくりだった。野暮ったい服装は、今の娘にも似合いそうだ。

脈々と受け継がれる母のDNA。それがいいのか悪いのか……、ただ、私には確信を持って言えることがあった。

それは、月日がたつほど、歳を重ねるほど余計似てくるということ。最近は髪質まで母に似てきてしまった。髪が伸びてくると、ヤマタノオロチか、タコ踊りのように四方八方毛先がうねり、跳ねまわった。ブラシで一生懸命補正しようと試みるが、全く毛先は言うことをきかない。

恐るべし母の最強DNA。性格まで似てきたら、どうしよう。考えても仕方がないのに、また考え込んでしまう私だった。

3. 闘う小学生

地元の幼稚園を無事卒業し、小学校に私は入学した。といっても、私が通った幼稚園と、これから通う小学校は、同じ敷地に建っていた。猫の額を少し広げた程度の狭い敷地に、二つ仲良くL字の形に配置されていた。

歴史を感じる古い木造校舎。それは幼稚園も小学校も同じだった。ただ、園舎の方は園児が走っても揺れるマジックハウスだった。気安めのように補強用の丸太が、あっちからとこっちから外壁を斜めに支えるように立てかけてあった。しかし、あまり役立っているようには思えなかった。園児が元気に走り回ると、ユサユサと園舎は揺れていた。

小学校の校舎も同じくらい古そうに見えた。でも揺れなかった。安心して学校に通った。

狭い園庭兼校庭には、ほぼど真ん中に立派なクスノキが生えていた。たぶん何かの記念に植樹したのだろうが、立派過ぎて狭い敷地には不似合いな大きさだった。そして、立派なクスノキはあるのに、プールが設置されていなかった。

夏場になると直径5メートルばかりの簡易プールが組み立てられて、申し訳程度に水泳の授業があった。といってもほぼ水遊び。芋の子を洗うような状態でプールに入っていたから、泳法の指導など困難を極めた。近隣校のプールを借りて夏休みに2回ほど水泳の授業は行われていたが、それでマスターできるほど水泳は甘くなかった。

マット運動や鉄棒が得意だった私も、水泳は全くのお手上げ状態だった。親にプールへ連れて行ってもらえないから、小学生にして立派な水泳の落ちこぼれになった。そして、そのことが後々までも足を引っ張ることとなる。


先にも書いたように、私の家は貧乏だった。我が家独自のルールもあって、子どもながらに対応に苦慮した思い出がある。

小学2年の頃のこと。母から3歳違いの妹の世話と、調理などの家事を担う、新たなお達しが出た。家族4人分の食事準備をするというものだった。これに加えて洗濯物の取り込みや衣類たたみ、風呂の水張りなどもあった。遠足の弁当も自分で手作りした。厄介な日々の始まり、始まり……。

そして、何を思ったか両親は泥棒除けにガタイのしっかりした番犬を飼い始めた。「こんな貧乏な家に、泥棒は入らんやろー」と私は思ったけれど、心配症の両親には安心が必要だったようだ。予告なく父が子犬を連れ帰ってきた。

また同じ頃、小学校では毎月、子ども貯金なるものが始まった。小遣い200円の中から

100円を捻出する、主婦のようなやりくり生活が始まった。100円で必要な文房具などを買い、残り100円を貯金に回す。小学生2年生でお金に悩む生活が始まるとは……。

そして、それに追い打ちをかけるように、私の担任の先生からは新たな宿題が出た。それは、「日記を毎日書いて出せ」というもので、小学生用の日記帳を使っていては何冊あっても足りないことは小学2年生の私にも分かった。しかもそれに割ける予算は最大100円。どうする私、困った私、悩んだ私……。

考えた末に選んだ答えは、大学ノートを使うことだった。そしてひらめいたのが一つのアイディア。大学ノートの罫線の間に手書きで罫線を書き足すというものだった。思いついたら即実行。自画自賛しながら小さな文字でびっしりと日記を書き、有頂天になって日記を提出した。これで丸く話が収まるかと思っていたら、母が学校へ呼び出された。

担任から落ちこぼれ宣言があって、性格に問題ありと指摘され、その改善策として習字教室を勧められた母。自宅に戻って唐突に宣言する。

「3年生になったら、書道教室へ通うぞ!!」と。

しかも友だちと抱き合わせで……。

なんでいつもこうなるのだろう。「風が吹いて桶屋が儲かる」。話が私の与り知らぬところで転がって、予想以上の展開をみせて、私ひとりが蚊帳の外。

こうして私の最高の節約術は、最悪の結果を生み、最低の展開と共に幕を静かに閉じたのであった。小学2年生にして、すでにいろいろあった。前途多難の臭いがした。

そして迎える新学期、私は3年生になった。母の宣言通り、習字教室通いが始まった。さっそく苦境に立たされ、苦悩するのは私ひとり……。

「こまった、こまった、こまどり姉妹。しまった、しまった、島倉千代子」。

吉本新喜劇のギャグでも言わないと、潰れそうな私の気持ち。用具の差は上達の差、品質の差は作品の差。むき出しの結果になす術もない。世の中には努力だけではカバーできないことだってある。

しかし、我が母は言う。「弘法筆を選ばず」と。私は「弘法」にもなれず、「筆も選べず」、ひたすら我慢の教室通い。早々の落ちこぼれ、リベンジもならず、希望も持てず、気を遣うだけの辛い日々。私はやっぱり弘法大師にはなれなかった。いつまでたっても普通の子。なのに災難だけは、次から次へとやってきた。

気がつけば5年生。楽しいはずのゴールデンウイーク、私ひとり家のベッドで腹痛に悶絶。

「電気カイロを抱いて寝ろ」との母の指示に従い、布団の中でギュッと電気カイロを抱きしめた。いい子にして、指示に従っているというのに腹痛は増すばかり……。

結局、父の車で病院へ。虫垂炎とあっさり判明。医師からは「散らしときましょか」と優しく助言されるも、父の「手術をやってください」のひとことで、逆転満塁ホームラン。私の運命は右から左へ……。ぬか喜びは露と消え、戸惑いながらも手術台へいざ出陣……。

5年生になりたてホヤホヤの私は、こうしてまな板の鯉となる。初めての麻酔、初めての手術。「私の体やでー」と心の中で叫んでみるも、屁の突っ張りにもなりゃしない。私の体は、誰のもの？　お腹の傷跡を撫でながら、思う。虚しい思い出が、また一つ生まれた。

同年秋、今度は勝手に父が決めた私の人生設計が私に告げられた。「敷かれたレールに乗れ」とのお達しだった。指定された中学・高校・大学へ進み、将来の職業は薬剤師。婿養子を取って結婚し、両親との二世帯住宅で結婚生活を送り、両親の介護をし、看取りをし、葬儀をして、最後は墓守り。

なんと細かな設計図。私の希望も意思も夢も、完全無視で父の思惑満載の人生設計。親のために生きるのが子どもの務め？　そりゃないでしょう。時代錯誤も甚だしい。

「私の人生は私が決める!!」

と猛抗議しても、耳のシャッターをガラガラ下ろす父。そして、中学受験を余儀なくされた私。塾へも行かず、家庭教師もなし。節約コースで受験に挑むよう指示された。

ドリフターズが全盛期の時代。頑固おやじが健在で、父権はまだ絶大な力を持っていた。特に我が家では、それが顕著だった。父は男尊女卑を貫いて、我が家の王を気取っていた。

6年生の秋、中学受験に挑んだ。桜ならぬ秋桜（コスモス）散って、私は見事に不合格。同時に父の夢もあえなく撃沈。しかし、父には腹案があった。

「まだ薬剤師に進む道はある」

そう宣言した。「はい、そうですか。分かりました」なんて、私が言うはずもない。人の気持ちを全く考えない、暴走する父は私にとって天敵と同じだった。無神経な言動が気に障り始めた。腹立たしさを覚えた。親って、こんなものだろうか？ 疑問符が頭の上をブンブン飛び交い、季節限定商品の反抗期&思春期がもうそこまでやって来ていることを私に知らせた。

一方、受験に対するトラウマは、蚊に刺された時のように、不快な痒みを心に残した。大したことではないと分かってはいるが、折々に思い出した。これもまた、日にち薬が必要だった。

それ以上に大変だったのは、幼なじみの死だった。彼女は私の良き理解者であり、同じ道を志す同志であり、互いに競い合うライバルでもあった。小学6年の春、突然彼女は「サヨナラ」も言わず、逝ってしまった。医療事故だった。あまりに突然過ぎて、彼女を思い出しては涙にくれた。お見舞いもできないままのお別れになった。心の整理がつかない私はひどく落ち込んだ。

そんな私を支えてくれたのは、親でもなく、きょうだいでもなく、友だちでもなく、犬だった。我が家で飼っていた番犬の「ナチ」だった。セラピードッグなんて言葉のない時代、私は流行の最先端を知らずに走っていたことになる。流行には疎いはずなのに……。戌年のせいか、いつもワンコとは赤い糸で結ばれていた。助けたり、助けられたりして今日までいい関係を保っている。そして今も、家には老犬と幼犬がいる。

この後に訪れる反抗期&思春期の大嵐の時も、この「ナチ」が救いの神となった。このワンコのおかげで無事この時期を乗り越えられたものの、小6の時点ではそんなことを知る由もない。

大学3回生まで、私のピンチを救ってくれたのはこの「ナチ」だった。言葉なんて要らなかった。ほっこりする温もりと、黙って静かに寄り添う優しさ、ただそれだけで十分だった。セラピー犬、万歳。私が犬にこだわる理由は、こんなところにあるのかもしれない。

◇ここで、ちょっと長めの寄り道

小学校の頃、体育の授業がある時は白の体操服に白の体操ズボンの服装で、ない時は紺色のスカートに白のブラウス、もしくは白のポロシャツの服装で私は登校していた。まるで制服。でも小学校に制服はなかった。これが私のヘビーローテーション、私服だった。

私も女の子の端くれ。全くお洒落に興味がなかったわけではない。でも母が買い与える衣類の全ては、価格が優先され、「無難」という要素で絞り込まれた結果、みんな似たか寄ったかの色合いのワンパターンになった。しかしこれはまだまし、問題は母の手編みのカーディガンの方だった。

いつも色は決まっていた。からし色とエビ茶色の組み合わせか、からし色とビリジアンの組み合わせ。どちらに転んでも、心ときめく配色ではなかった。どちらかというと、ぎょっとするような配色だった。

だから母が編み物を始めると、私は危機感を覚えた。「できれば、ゆっくり編んで」と心密かに願い、喜々として作業に打ち込む母の姿をうらめしく見つめた。「あれを着るのか」、そう思うだけで心が沈んだ。奇抜な色を好む母の感覚についていけない私だった。

それとは正反対に、従姉の服がおさがりで来るのを私は楽しみにしていた。パステル調の淡い色調やそれらをうまく配置したもの、洒落たデザインや花や蝶々がついたかわいいデザイン。憧れの服が目の前にあった。早く着たいと私は願った。「古くてもいい、きれいな色合わせの服をありがとう」と感謝したくなった。

ある日、図工の授業で写生に出かけた。いつもよく行く、学校から少し離れたお寺の境内。帰る時間になったと先生に促され、慌てて帰り支度を始める。

画板に画用紙を挟み、その上に水彩用具のセットと絵具の箱を横並びに置く。準備完了。指示に従い、一列になって寺の階段を下っていく。道具を落とさないように、転ばないように自然石の階段を踏みしめ、慎重に足を運ぶ。ゆっくり、ゆっくり……。

スカートの下に突然の違和感。やけに風を感じる。お腹に食い込むゴムの圧迫感がない。どうやら下着のパンツのゴムが切れたらしい。慌ててスカートの上からおへそあたりのところをガッシと掴む。

「うわあー」

思わず声が出てしまった。ガシャン、コロコロ……。手にしていた物が階段上に落下し散らばっていく。

「どうしたん？」

物音に驚いた友だちが振り返る。口が裂けても、下着のパンツのゴムが……なんて言えない。石段に転がっている筆や絵具のチューブ、画板に水彩用具のケース。

親切な友だちが、落としたものを拾い集めてくれていた。その隙に、大慌てでパンツのウエスト部分を引き上げて、スカートのウエスト部分に挟み込み、さっきみたいにその部分をガッシと握る。

「大丈夫？」

「何かあったん？」

心配そうな友の顔。

「急にお腹が痛なってん。もう大丈夫やから……。心配かけてごめん」

心がヒリヒリした。でまかせの言い訳。でも仕方なかった。

「学校へ帰ったら、保健室に行きな」

「ありがとう。学校に戻ったらトイレに行ってみるわー」

痛くもないお腹をさすり、もう一度パンツを挟んだスカートのウエスト部分を指先で確認する。

「お腹、痛いんやったら、道具持ったるでー」

そう言って、何人かの友だちが私の持っていた道具を持ってくれる。「ありがとう」と言いながら、心の中で手を合わせ、声なき声で「本当にごめん」と謝った。

学校に戻るなり、大急ぎでトイレに駆け込む。便器の水を流しながら、パンツのウエスト部分を左右に引っ張り、端と端を絡めて強く結ぶ。これにて一件落着。


さて、この頃はまだ手つかずの自然が当たり前にあった。学校の周りも、家の周りも……。近くの山にはハイキングコースの道が通っていたから、ハイカーのたばこのポイ捨てで、山火事になることもしばしばだった。一度だけ消火活動を見に行って、母にきつく叱られた。

山火事の後はワラビがわんさかよく生えた。だからその時とばかりに母と私と妹は山菜採りに出かけた。母が大好きな無料の食材。ワラビやコゴミは我が家の食卓に大きく貢献してくれた。

そしてツクシも……。

私には、とっておきのツクシの採集場所があった。太くて長くて大きくて……。そこは私にとって秘密の場所だった。

「すごいやろー。いっぱい採れてんでー」

ある日、袋いっぱいのツクシを母に見せた。

「どこで採ってきたん?」

「えっ、秘密の場所」

「それ、どこにあるん？」

「お墓の近く」

「ひょっとして墓の下かー？」

「えっ、なんで分かるん？」

私が得々としてしゃべっていると、母がニヤリとした。

「あんた、えらいところから採ってきたんやなー」

そう言って私を小馬鹿にした。

「だから、墓ちゃうねん言うとーやん。墓ちゃうねんからバチ当たらへんやろー」

世の中には、知らない方が幸せなこともある。ツクシの件はまさにそれだった。私が、植物の生育と肥料の関係を知るのは、これよりずっと後のこと。それまでは深く考えていない私だった。

春になると、母のいちゃもんと闘いながら、「秘密の場所」でツクシを採り続けた。知らない方が幸せなこともある、知らない方が嬉しいこともある。無知な私は幸せだった。

4. 夢を見つけた中学生

小学校を卒業した私は、地元の公立中学校に進んだ。小学校が小規模校だったから、マンモス校の中学校へ入学してからは驚きの連続だった。上京した若者が感じるあれと同じ。まず人の多さに圧倒された。生徒数も教師数もクラス数も、びっくりするくらい多かった。中学校へはバスで通った。

この頃、父は農業からアパート経営に仕事を変えた。というより、職業欄の記入を変えたと言った方が相応しいかもしれない。

土地開発が進んで里山がどんどん消えていった時代だ。村の人はこぞって海外旅行やゴルフに行き始め、父もその波にホイホイ乗って浮かれ始めた。

設備投資した水耕栽培もそこそこに、汗水たらさないきれいな仕事、アパート経営に重きを置いた。そんな父の姿が嫌だった。

土地売買に絡むトラブルやスキャンダルが次々起きて、村の人がおかしくなった時代だ。松本清張が書きそうなドロドロの世界が、むき出しになった造成地のあちらこちらに広がっていた。とにかく、そこらじゅうにあった。

我が家では、父の方向転換により母が農作業に出ることがなくなった。だから、母が家事をするようになった。晴れて私はお役御免。それが良かったのか、悪かったのか……。料理嫌いの母が作る手料理は、なかなかスリリングだった。毎回罰ゲームのような様相を呈し、被害者が続出した。

そして私の方も、本格的な反抗期&思春期に入った。美術・書道・文学に心の救済を求め、昇華という形で不満を吐き出していたものの、ガス抜きに追われる日々だった。美術も書道も文章もコンクールに出して評価を得た時期でもあったから、全てが順調に思えた。夢を描き、前途洋々の気分にひとり浸っていた。

偉そうに言っていた私も、父と大差なかったのかもしれない。今振り返れば、そう客観視できることも、その当時は浮かれていたから気づかなかった。学業はそこそこで、部活動が命。水泳さっぱり、英語さっぱり……。でも、中学校生活の3年間は、とても充実していた。知識も技能も人間関係も豊かになったし、以前から比べると、精神的にも強くなった。言い返す力もついた。ここ一番の黄金期だったかもしれない。

父に反発し、母に反抗し、家の中が大嵐になることも多かったけれども、親に依存しない子どもになった。自分で考え、行動した。今の私の基礎、礎になったことは間違いないだろう。若さもあったし、夢や希望、明日にかける期待も山のようにあった。なにより、中学校生活は楽しかった。だから、もう一度戻れるなら、あの時代に戻りたい。

◇ここで、ちょっと寄り道

中学校はマンモス校だった。そのため、戸惑うことも多かった。同姓の先生も生徒も、うじゃうじゃいたから、区別するのが大変だった。

先生に用事があっても、職員室に行ってから先が大変だった。ドアを開けて、「○○先生」と呼びかけると、4人ぐらい先生が返事をした。だから、個人を特定するため「教科名+○○先生」や「部活名+○○先生」や「フルネーム+先生」で名前を呼ぶ必要があった。「ややこしいな」「じゃまくさいなあ」「なんでこんなに先生、おるねん」と心密かに思っていた。

それ以上に大変だったのは生徒の名前。一学年16クラスもあったから、生徒数は650人を超えていた。

だから、「高野」と書いてあっても「タカノ」さんの人もいたし、「コウノ」さんの人もいて、時々頭の中がぐちゃぐちゃになった。その上、「境」さんも「堺」さんも「酒井」さんも「坂井」さんも「サカイ」さんだったから、友だちと話をしていて、微妙に話が食い違うことがよくあった。原因は人違い。でも、そうだと気づくまでには時間がかかった。確認、また確認、またまた確認の作業が必要だったからだ。うっかり勘違いしたまま、話を進めていくと、そもそも誰の話をしていたのか、わけが分からなくなることが多かった。だから、私の頭の中はたびたび混線模様になった。

1年生の時、新入生のクラス発表があった。何でもないことなのに、いきなり問題が発生していた。掲示板の前で立ち尽くす女子生徒ふたり。ひとりは長身で、ひとりは小柄。呼び名も漢字も全く同じだったから、ふたりがひとりの扱いになっていた。

困惑し、対応に右往左往する教職員。ウソのような本当の話。「人数が多いって、すごく大変だなあ」と思った次第だ。

ところで、困ったことに私が入学した中学校は、水泳部が強かった。何でもオリンピック選手を育てた有名な先生がいるとのこと。水泳の授業にも熱が入っていたから、一抹の不安を覚えた。

毎年、夏が近づいてくると私は決まったように頭が痛くなった。

水泳大会が年間行事に組み込まれていたからだ。全員が出場する形式でなかったことだけは救いだった。けれども、クラスの選手選考会の時は、ぺちょっと机にへばりつき、息を潜め、とにかく存在を消したかった。いつも祈るように静かにその時間が過ぎるのを待った。

まるで台風……。それほど水泳は大の苦手科目だった。

私の思いが天に通じていたのか、1年と2年はうまくクリアできた。そして迎えた中学3年。今年も前年度同様、うまくクリアできると信じていた。

選手選考会当日、ドキドキして落ち着かない私。顔を伏せ、息を殺し、忍者のように存在を消す。そして時々、顔を少し上げては様子をうかがう。私の頭上をポンポンと、友だちの名前が飛び交う。どうやらクロールと背泳の選手は、決まったらしい。

そしてあと1種目、平泳ぎだけが残っていた。私が最も苦手とする泳ぎだ。

「もう少し、あともう少し、……」

心の中で自分を励ましていた。そして「誰でもいいから早く決めてくれ」というのが本音だった。

議長が「はい」と言って指名する。どうやら誰かが発言するらしい。

「あのう、マダさんがいいと思いま～す」

突然、私の名前が呼ばれた。青天の霹靂。なんてこった。

「とても上手に泳いでいたので推薦します」

悪夢だ。思いっきり動揺する。冗談やろー？　私の泳ぎの、どのへんが上手やねん。それって、誰かと見間違ってませんか？　心臓が口から飛び出そうになった。脳みそはふつふつと煮えたぎっている。ここは一発、顔を上げて、

「あのーすいません。私、平泳ぎ、上手じゃないです。他の人にしてください」

そう言って辞退した。それだけ言うのが精いっぱいだった。

こういう場合、辞退だけするのではなくて、誰か代わりの人を推薦するのが通例だった。しかし、動揺した私は推薦しようにも全く友だちの名前が出てこなかったから、ある意味、片手落ちの発言だった。

「はい、分かりました。他に推薦する人、ありませんか？　自薦でもいいですけど……」

議長が困ったように発言を求めた。でも、みんな押し黙ったままで、時間だけが過ぎていった。重苦しい空気。息が詰まりそうな雰囲気だった。

実は、私には人を推薦できない理由が二つあった。一つは、眼鏡をはずして受ける授業は、ド近視の私にとって友だちの判別が不可能だったということだ。そしてもう一つは、他人の泳ぎを見るだけの余裕が私にはなかったということだ。

だから、推薦しようにも推薦する人物の顔も名前も、浮かんでこなかった。

「早く誰か何とかしてくれー」

そう思いながら、とろけたチーズのように机にへばりついていた。

すると、また誰かが発言するような気配がした。椅子を動かす音。

「マダさんは、さっきうまく泳げないと発言していましたが、私、泳いでいるところを見ました。とてもうまかったです。マダさんでいいんじゃないですか?」

みんな渡りに船とばかりの雰囲気になる。「いいんじゃない」とのささやき声。

「えええー……。なんでそうなるねん?」

頭の中が凍りつき、フリーズしている。意識は吹っ飛び、どこか他人事のような感覚。異次元空間をひとりさまよっている感じがした。

あれよあれよというちに、多数決が採られ、満場一致で決定。私は、平泳ぎのクラス代表になっていた。なんでやねん。とんでもないことが起きていた。最低、最悪の現実だった。

自慢じゃないが、私は水泳が超へたくそだった。クロール、背泳、平泳ぎのうち、クロールは飛び込みがあれば、ぎりぎり25メートル泳げた。けれども息継ぎが苦手だった。そして背泳は、コースロープを片腕でぶちかましながらであれば、25メートル泳げた。

問題は平泳ぎだった。クロールよりも背泳よりも、冗談抜きにダントツで泳げなかった。息継ぎ以前の問題、一向に前に進まなかったのだ。5メートルごとに、もがいてもがいて、沈み、またもがいてもがいて、水中に沈んだ。そして、何度もプールの中で棒立ちになった。泳いでいるというより、溺れているのに近かった。泳ぐのが遅いとかのレベルではなくて、泳ぎとして成立していなかった。つまり泳げなかったのだ。

私は水泳大会に出なくてすむように、ただひたすら神様、仏様にお願いをした。と同時に、ズル休みをする言い訳を考えた。「腹痛」「生理痛」「風邪」「体調不良」といろいろ考えてはみたものの、決行するには大きな壁が立ちはだかった。まるでベルリンの壁。厳格な父とそれに追随する母がその壁の正体だった。ベルリンの壁は崩壊したが、両親の壁は健在だった。

神や仏だけでは心もとないと思った私は、天国に召された祖母や今は亡きキヨミちゃんにまでも「力を貸して」と助けを求めた。

おかげで水泳大会の当日、雨が降った。屋外プールだったから、競技は延期になって、ほっとした。また雨が降ってくれないかなー。そう思いながら、毎日祈った。

ところが、翌日からはずっと晴れだった。もうだめだと諦めかけた頃、今度は水不足のために給水制限が始まった。そして競技はまたまた延期になった。二度あることは三度ある。そんな都合のいい話はないと分かっていながら、諦めきれず期待する日々。

結局、3回目も水不足のため、競技はなくなった。今度は延期ではなくて、中止だった。天にも昇る気持ち。神様にも、仏様にも、亡くなったおばあちゃんにも、キヨミちゃんにも感謝した。心の中で力いっぱいVサインをした。

後にも先にも、これほど幸運に恵まれたことはない。調子に乗って「これからも、どうぞごひいきに……」とお願いしていたら、これ以降は全くダメだった。ツキに見放されたようだ。災難とトラブルと不運がわんさか団体さんでやって来るようになった。

どうやら一生分の幸運を使い果たしてしまったらしい。「幸運のご利用は計画的に」というところだろうか。

キャッシングカードのＣＭではないけれど、何事もほどほどというのがいいらしい。欲張り婆さんだった私は、少しだけ反省をした。そして願った。「幸運よ早く戻って来い‼」と。

５．夢が消えた高校生活

中学を卒業し、進学した高校は新設校だった。嬉しいことにプールがなかった。というより、それが志望の理由だった。「うっそ〜」と思われただろうが、プールのあるなしは、私にとって死活問題だった。

「どんだけ水泳を毛嫌いしてんねん」

そんなことを言われても、中３の時のトラウマは大きかった。当分消えそうにもないから、予防線を張った次第だ。

ただ、そんな理由は大きな声では言えない。表向きは「制服が気に入った」「ネクタイを締めてみたかった」ということにしてある。プールの理由よりは少しだけましかもしれない。

中学校の時もバス通学だったが、高校もバス通学だった。でもバスの乗車時間は10分少々で、徒歩の時間は20分だったから、これを「バス通学」と胸を張れるかといえば、微妙な具合だった。

通学経路は2パターンあった。一つは急勾配の長い坂を利用するコース、もう一つは急勾配の長い階段を利用するコースだった。二つのコースは降りるバス停で決まっていたけれども、どちらのコースもかなりハードなコースだったから、3年間通うと、私の短い脚は筋骨隆々、アスリートみたいな足に変わっていた。まるでこん棒。それゆえ、妹の友だちは私の足を見て、「お姉さんは陸上部？」と後日、聞いたそうだ。上半身は文化部、下半身は運動部。中途半端な体の私は、美術部だった。

その上、私のカバンは一般の女子が持ち歩いているカバンと比較すると、かなり重かった。友だちがカバンを持ち上げようとして断念したくらいだから、超重量級だった。鉄アレイでも入っているのかと、よく友だちからからかわれたけれども、中身は画材と教科書と辞書と弁当だった。それでもマッチョな体になる条件が揃っていた。

高校へは、幼なじみの友だち「バチコ」と通った。幼・小・中と同じ学び舎で学んだ仲間だ。中学校の時も一緒に通った。

「バチコ」というのは、もちろんあだ名で、亡くなった「キヨミちゃん」と同じ、絵やイラストが得意な友だちだった。私もバチコも、色気よりも食い気のタイプだったから、馬が合った。動物好きなところも似通っていた。

入学したての頃、私はバラ色の学校生活を夢見てルンルン気分だった。美術の専門的な知識と技能が習得できるものだと思い込んでいた。ところが授業が始まると、いきなり学校生活はバラ色から迷彩色へ、そしてどす黒い沈んだ色に変わっていった。といっても、プール建設が始まったわけではない。問題は教師。学校にひとりしかいない美術教師だった。

「なんということでしょう……」

「大改造!!劇的ビフォーアフター」の曲と共に、聞き慣れたナレーションが流れ始めた。目を疑うような授業風景。教師は準備室に閉じこもったままで、出てもこない。準備室の床の上には、ばらまかれた生徒作品。その上を上履きで歩いていく教師。今まで出会った教師の中でワースト・ワンだった。専門知識うんぬんかんぬんといったレベルではない。人として最低の人間だと思った。

「選(よ)りにも選って、なんで美術なん?」

「美術の授業はどうでも良かったってこと?」

「こんなスカタン、誰が連れてきたんやー」

美術の授業が来るたび、同じことを思い、恨めしい顔になった。

いつも頭の中では架空の審問委員会が開かれていた。「一寸先は闇」。こんなところで、こんな分かりやすい実例に会うとは……。私の前途は入学していきなり頓挫した。先の見えない学校生活。心は立ち枯れて、ときめきは宇宙へと吹き飛び、気力は色を失くした。


また春がめぐってきた。私は2年生。抽選番号を調べるかのように、配達されたばかりの新聞を大きく広げる。見るのは教職員の異動のページ。探す名前は美術教師の名前。なめ回すようにくまなく探す。穴があくほど何度も見直す。しかし、目的の教師の名前はなかった。ガックリもいいところだ。首が折れるほど落胆した。またしんどい1年間を過ごすことになった。

そして3年の春。やっぱり幸運はやって来なかった。異動のページに目的の名前はない。こんな3年間、何の意味があったのだろうか。楽しいはずの高校生活は、どす黒い色に染まり、積んだのは精神修行だけとは……。私は仏門希望者じゃない。

やっぱり、あの中3の水泳大会で幸運を使い果たしてしまったのか？　はたまた、その美術教師と私は、赤い糸がこんがらがって解けなくなっているのか？　結局、進路はどうするんだ、私？

精神修行は腐るほど積んでいた。でも尼僧になるつもりはない。じゃあ美術の道か？　書道の道か？　それとも友だちが言うように文学部の道か？

迷える子羊は、いっぱい悩んで、いっぱい考えた。しかし、結論は出なかった。

美術の実力は中3の時とさして変わらぬ横ばい状態だったから、美大を受験したところで受かる確率は極めて低かった。

では、書道はどうか。書道教室の先生からは「その道に進んでは……」と言われたけれど、大きなコンクールに出品して入賞経験があるわけではない。段位は持っているけれど、これとて突き抜けたものではない。

それなら、友だちが勧める文学部か。たかだか高1の時に読書感想文が県大会まで行ったレベルで、これまた突き抜けた力はない。

つまるところ、美術も書道も文学も、みんな中途半端な実力だった。誇れるものは何もない。どの道を選ぶか決め手に欠けていた。

思い入れからすると、一番進みたいのは美術の道だった。だから本音を言えば、1年浪人してデッサン力と表現力を磨き、それから受験したかった。しかし、両親は猛反対した。浪人するなんてもっての外だと……。そのため、気持ちがぐらついていた。しかも、追加の条件までつけられて。「できるだけ安上がりに、できれば下宿しないで大学に通え」というものだった。

どうする、どうする……。家族の中に私の良き理解者などいない。支援者もない。悶々とする日々の中で、最終的に行き着いたのは、「初心に返る」というものだった。亡き友「キヨミちゃん」との約束。小学生の頃、一緒に夢を追いかけようと話していたっけ……。それから、ずっと絵の道を究めてみたいと思っていたんだよね。だからダメもとでもいいじゃないか。失敗したら失敗した時……。結果が出る前から逃げ出してどうする。頑張れ私。

得意のひとり問答。考えをまとめていく。出した答えは、美術系大学への進学だった。

不完全な準備のまま、受験シーズンに突入した。イチかバチかの大勝負。といっても、勝負事にはからきし弱いから、くじ運もガラガラ抽選会もいつもスカばかり……。ここは一発、神様の気まぐれを狙うしか手はない。

まず最初の受験は大阪の大学。結果は○、気まぐれな神様が微笑んだのだろう。第一志望ではないけれど、取りあえず美大への道はつながった。そして次は東京の大学。結果は×、調子に乗るなと神様に言われたのだろう。

そして最後は京都の大学。結果は×、現実は甘くはないと神様は言いたかったのだろう。

こうして私の大学受験は一勝二敗で終わりを告げた。一勝できただけでも御の字だった。

亡き友と交わした約束が守れたことを感謝する。頑張るね、キヨミちゃん。

◇ここで、ちょっと寄り道

私が小学生の頃は、家の横の溝にはセリが生えていた。夏になると蛍が飛び交い、お尻をチカチカ光らせていた。そっと捕まえて、夜、部屋に放して光を楽しんだ。ミミズもカエルもカタツムリも、身近にいるのが当たり前だった。取り立てて珍しいとも思っていなかった。とにかく、身の回りに自然が溢れかえっていた。

田んぼに藁を積み上げておくと、その中でツチネズミが子育てをしていたし、夜ともなると、ダダダダダ、ダダダダダと天井裏ではネズミが走り回っていた。

ある夜、我が家で珍事が起きた。被害者は父、「チューチュー、ここかいな事件」だ。何歳の頃の出来事だったかは定かではないけれど、この頃、私がサボテンを大事に育てていたことだけは、鮮明に記憶している。

その日も夕食がすんだ父はシャツとパンツの下着姿で、テレビを見ながら寛いでいた。そして私と母は、台所で夕飯の後片付け。遠くの方でテレビの音が聞こえていた。

「おーい、早よ来てくれ！」

突然、父が大きな声で私たちを呼んだ。何事かと思って母とふたり駆けつけると、天才バカボンのパパが穿くようなぶかぶかパンツの前を両手で押さえ、興奮している父。

「早よ、捕ってくれー!!」

必死の形相でこちらへ視線を送ってくる。事情が飲み込めない母と私。

「何とるんよー」

と、ぶっきらぼうに私が言い返す。

「パンツの中にネズミが入ったんや。今、手で押さえてるねん。早よ、捕ってくれー!!」

「ええー、私がパンツの中に手、入れるん?」

「早よ、せえー!!」

「そんなん言われてもー……」

躊躇する私。ネズミと思って父のイチモツを掴んでしまったら……なんて想像してしまうと、どうしても「分かった」なんて安請け合いはできなかった。

「何しとんや、早よしてくれ!!」

父は必死の形相。威厳もへったくれもない、悲壮感漂う父の背中を見ているうちに、笑いが込み上げてきた。一度笑い始めると、どうにも止まらない。父には悪いが、お腹をよじり、涙を流しながら爆笑した。

私はちょうど「箸が転んでもおかしい」時期の、そのど真ん中の思春期だった。だから、特に何ということがなくてもよく笑い転げた。ましてや、本当に笑える場面では、笑いにブレーキが利かなくなった。文字どおり、なすがまま……。死ぬほど笑っても、まだ笑い足りないくらいだった。

でもそれは私だけではなかった。横を見ると母も妹も、父の滑稽な姿を見て、涙を流して爆笑していた。普段偉そうにしている分だけおかしみは増した。父への家族の逆襲といったところだろうか。

それに「ざまあみろ」という意地悪な気持ちもどこかにあって、「もっとやれー」とネズミを応援したくなる気持ちもあったから、高みの見物を決め込み、私たち3人は父の慌てふためく姿を、しばし鑑賞した。「他人(ひと)の不幸は蜜の味」とは、よく言ったもので、下手なコントよりずっとずっとおもしろかった。

でも気の毒だったのはネズミだ。父がピンチだったように、パンツの中のネズミもピンチだったようだ。父の隙を突いて、パンツの中を前や後ろへ縦横無尽に走り回っていた。ネズミも必死なら、父も必死だった。股間を片手で死守しながら、ワーワーと雄叫びを上げていた。

「ワシの代わりに、誰か早く捕ってくれー」

いくら懇願されても、無理なものは無理だった。だいいち「窮鼠猫を噛む」という諺もあるではないか。パンツの中での捕物帖は父に任せることにして、取りあえず健闘を祈った。

「うわーあああっ！」

父が叫んで、ネズミがパンツの裾から飛び出した。かわいい小さなツチネズミ。カーテンの裾に爪をかけ、スルスルと忍者のように駆け登っていく。見事なものだ。ぼ～っとネズミの動きに見とれていたら、いつの間にか、母の手にハエ叩きが……。

すごく嫌な予感がした。私以上にどんくさい母の手にハエ叩きを見た時、何かが起こる気配を感じた。

ネズミの動きについていこうと必死の母。やたらめったらハエ叩きを振り回している。しかも、ネズミの素早い動きには勝てず、空振りばかり。叩く力が徐々に強くなっていく。むきになってネズミを追いかけ回す母。熱を帯びる空気が部屋に満ちていた。

「テレビの上……」

そう思ったとたん、ハエ叩きがテレビの上にあったサボテンの小さな鉢を直撃した。鉢はボトンと落ちて、畳の上をコロコロと転がっていく。ふと見ると、開花間近のつぼみが二つ、畳の上に落ちていた。

「えっ、ウソー‼　サボテンのつぼみ……」

私の顔から笑いが消えた。

「私のサボテン……」

「ネズミやと思って叩いてん」

母が慌てて言い訳をした。

喜劇が悲劇に変わった瞬間だった。人の不幸を喜んだ私への天罰だった。

問題のネズミは、この一瞬のスキを突いて雲隠れをしていた。水を打った静けさとはこういうことを言うのだろうか。家じゅうが静まり返っていた。悲劇と共に、父の珍事件は幕を下ろした。家族の疲労感は半端なかった。

そして翌朝、我が家にネズミ捕りが仕掛けられたのはいうまでもない。

6．ペットロスは突然に（大学時代）

大学生になった私は、バスと電車をとっかえひっかえ乗り継いで、片道3時間かけて大学へ通うようになった。睡眠時間は8時間からいっきに5時間へ。朝5時に起床して、家を出るのは6時過ぎ、帰宅するのは夜の9時半から10時半。なかなかのハードスケジュールだった。でも体力には自信があったから、毎日さぼらず大学に通った。

当時、ＪＲは国鉄という名前だった。ストライキがたびたび実施されていたから、ストライキがあると1時間余分に時間がかかった。つまり片道4時間、往復8時間。

仲の良い大学の友だちからは、

「一日の3分の1は通学時間？」

なんてよくからかわれた。それから、

「なんで下宿せえへんのん？」

なんて言われた。でも、両親から「下宿するとお金がかかるからダメ」ときつく言われていたから、下宿なんて土台無理な話だと分かっていた。

いつも交通機関を利用する時間帯は、通勤客でごった返す時間帯だった。小柄な私は人波に押し潰され、満員電車の中で溺れそうになりながら、揺られていた。電車がカーブで大きく揺れるたび、あらぬ方向へ押し流され、時にはカバンと泣き別れになることだってあった。背の高い人にぐるりとまわりを取り囲まれた日には、谷間から必死に上を向いていた。まるで池の中の鯉。パクパクと天井に向かって息を吸った。人の背中に顔が押しつぶされそうになった日には呼吸ができずアップアップしたことだってあったから、ホームに降り立つと、いつも深呼吸をした。何はともあれホッとしたのを覚えている。

時には、こめかみのところを両サイドから背の高い男性ふたりの肩に挟まれ、拷問のような50分を過ごしたこともあった。もう死ぬかと思う痛さに思わず泣きそうになった。

背が低いだけで何かと苦労する時代だった。でも、誰かが必ず助けてくれる時代だった。人情が巷に溢れている、良き時代でもあった。

小説やドラマなら、格好いい男性がさっと登場して窮地を救い、それがご縁でときめく展開になるのだろうが、私の場合、いつもそれはパッとしないおっちゃんだった。

「姉ちゃん、大丈夫か」とか、

「姉ちゃん、もう降りる駅やで」とか、

「姉ちゃん降りるから、道開けたって」とか。

助けてもらって、ありがたかったけれども、ときめくような出会いはゼロ、皆無だった。

ピロピロと赤い糸はたなびいていなかったということだろう。

そのせいでもないが、私はジーンズにひっつめ髪、化粧っ気なしで大学に通っていたから時々、男子学生に間違われた。

「あっ、女やった……」

なんて知らない学生が私の胸元を見て、そう言った。

何とも失礼な話。でも責任の一端は私にもあった。

こうして私は1回生、2回生と勉学に励み、可もなく不可もなく、留年することなく3回生になった。そして念願の日本画を専攻した。

出だしはとにかく順調だった。充実した1年が送れるものだと確信していた。ところが、9月初旬、私のセラピー犬だった「ナチ」がこの世を去った。ある意味、家族より大事な犬だったから喪失感は半端なかった。打ちのめされて、絵が描けなくなってしまった。重度のペットロス。食事も喉を通らなくなった。だから、

「留年になりたいんかー」

と教官室に呼ばれ、ゼミの教授から叱られた。

「スケッチしたものを組み合わせて、1枚の絵を創れ」

そんなアドバイスをもらい、気乗りしないままスケッチをし、気乗りしないまま絵を描いていた。

どこにも存在しない夕景の雑木林。スケッチをパッチワークのように組み合わせ、1枚の絵に仕上げながら、やるせない気持ちを岩絵の具と一緒に塗り込めた。初めて描いた心象画。

留年は辛うじて免れたものの、しばらく重い気持ちを引きずっていた。

ただ、時がたつにつれて、むやみやたらと落ち込んで泣くことはなくなった。

冬になり、我が家に新しい子犬がやってきた。今度は柴犬。ペットロスから立ち直るきっかけをくれた犬だ。でも、心の中で「ナチ」は息づいていた。「ナチ」は私にとって不滅の犬だった。

最終学年の4回生になった。いよいよ卒業制作だ。モチーフはすでに動物のサイと決めていた。大きな体に、つぶらな瞳。自分と近しいものがあるのかもしれないが、サイが放つその何ともいえない雰囲気になぜか惹かれていた。珍しい動物を描いていると人から言われたが、友だちが、私のことを「サイジョ」と呼ぶようになったのも、この頃のことだった。才女ではなく、動物のサイの女と書いて「サイジョ」だ。なかなかうまいことを言うと感心した。

最初、卒業制作は150号と100号の作品の2枚組にする予定だった。パネルに麻紙を張り、地塗りしたところで、予定外の頼まれごと発生。教授直々に友だちの見守りを頼まれたのだ。そのため絵の方は1ヶ月中断。かなり予定外。その後、教育実習でまたまた中断。これは予定通りで、結局、2点完成させるはずの卒業制作は1点のみの完成となった。相変わらずの予定外。

予定通り美術の教員免許を取得して、予定通り卒業。往復6時間の通学も、今となっては懐かしい思い出となり、私の大学生活は4年間で無事終了した。

◇ここで、ちょっと寄り道

なぜだか私は、昔から人にものを頼まれやすいところがあった。別に「やります、やります」と触れ回って歩いているわけでもないのに、あっちの人から、こっちの人から、頼みごとがまわされてきた。大学4回生の時もそうだった。

ある日、私ひとりだけ、ゼミの教官室に来いと言われた。はてさて何事かと思って行ってみたら、同期の男子学生の見守りを依頼された。精神的に病んでしまって援助を必要としていた。

「えっ、私ですか？　男子の方がいいことないですか？」

「いや、マダさんに頼みたい。悪いが、○○君の面倒を1週間見てくれんか？」

「でも先生、私、これから卒業制作の本描きなんですが……」

「君なら大丈夫。1週間ぐらいやから……」

人に頭を下げられると、どうも弱い。自分で分かっているがどうしようもない。ましてやゼミの教授ともなれば、むげに断るわけにもいかず、「はい、分かりました」と引き受けてしまった。どこか一抹の不安を残したままに。

「1週間したら、必ず親御さんが迎えに来るから……」

励ますように微笑みかける教授。

「1週間、1週間。1週間の我慢や」と心で何度も反芻しながら、教官室を後にした。

翌日からボランティアを開始した。男子学生と行動を共にしながら、一日傾聴ボランティアに励む。絵は全く描けずだらだらと一日が過ぎていく。

そうして二、三日すると、友だちの間で、私たちの行動が話題に上がっていた。友だちがニヤニヤ笑いながら近づいてきた。

「マダさん、○○君とつき合ってんのやろうー？」

「なんでやねん。そんなわけあるかいなー」

「え？　ほんまー？　ほんまにほんまー？」

「教授に頼まれたからつき合ってるだけやんかー」

「ほんまー？」

どう見ても疑っている顔だった。

「だって○○君、私の好みちゃうし～」

「ほんまは好みちゃうん？」

「なんでやねん!!」

否定すればするほど、深読みされて、どんどん深みにはまっていく私。「1週間の我慢」

と言い聞かせて、言い返すのをやめたものの、どうもスッキリしなかった。

こうして約束の1週間が過ぎた。しかし待っても待っても、教授から声がかからない。そうこうしているうちにして3週間がたった。我慢しきれず教官室に押しかけた。

「あのう、約束と違うんですが……」

「すまんなー、親御さんの準備が遅れているそうや。あと1週間はかかるそうや」

「えっ、そんなー」

もうひとりの私が脳内で啖呵を切り始める。

うそー、なんでそうなるねん。一体全体、何の準備がいるというんや。嫁入り前の準備じゃあるまいし……。

無性に腹が立って、ムカムカして頭にきた。

「最初、1週間って言ってたやないですか。それが1ヶ月になるんですか？私だって卒業制作があるんですから……」

「すまん。そういうわけで、あと1週間頼むわ」

「ええっ、そんなー」

結局、教授に押し切られる形で、話は終わった。教官室にわざわざ足を運んだというのに、収穫はゼロだった。

この上は親御さんからの菓子折りを期待することにしよう。そう思うことにした。

そうこうしているうちに1週間たった。突然○○君は私の前から姿を消した。というより大学からきれいさっぱりと姿を消した。お礼の言葉も残さず、挨拶なしで……。

きっとお迎えが来たのだろう。そう思っていたら、さっそく教官室からお呼びがかかった。

「はてさて、どんな菓子折りだい？」

期待をいだいて教官室に入る。しかし、それらしいものは見当たらない。

「親御さんから世話になったと伝言があった」と教授。たったひとことそれだけだった。菓子折りの話も、礼状の話も出てこない。

そりゃないでー。1ヶ月も世話になっておきながら……。普通は菓子折りでしょう。菓子折り。「お世話になりました。つまらないものですが……」なんて言いながら渡すでしょう。何、それがない。百歩譲って、それでも礼状ぐらい書くでしょう。何、それもない。

頭の中でブツクサブツクサ愚痴をこぼしながら、不満そうな顔で立ち尽くしていた。すると、

「はいマダさん、ご苦労さん」

そう言って、教授が退室を促した。

6．ペットロスは突然に（大学時代）

この1ヶ月のボランティアは、何だったのだろう。自発的なボランティアでない分、モヤモヤしたものが心に残り、秋の訪れとともにその気持ちを思い出した。報われないのは、いつものこと。でも、しかし、やっぱり割り切れなかった。

秋といえば、もう一つおもしろい思い出があった。それは、帰り道で立ち寄ったデパートでの出来事。

「なあ、お腹すいてない？　試食してから帰らへん？」

「ええよ。ほな、いつものとこへ……」

その日も、向かうは××デパートの地下1階、食品売り場の試食コーナー。台の上には、新発売のクッキーの箱が、ピラミッドのように積み上げられ、きれいにディスプレイされていた。そして、色とりどりの箱の表面にはプレーン、イチゴ、バナナ、ココア、抹茶と味の種類が書かれていた。

「今日は売り子さん、おらへんでー」

「でも、こんなんで商品売れるんかいなー？」

「まあ、ええやん。試食はしやすいでー」

「うん、それもそうやなー」

お腹の虫が、グルグルと催促している。

「ほな、どれから食べよっかなー。プレーンからいってみますか。Yさんは？」

「私、イチゴ」

買い物客がチラチラこちらを見ているが、そこは気にせず、試食開始。

「お腹がすいてるせいやろうか、なかなかいけると思わへん？」

「ほんまほんま」

「じゃあ、こっちは……」

感想を述べては、また食べて、感想を述べては、また食べる……。

ふと気がつくと、私たちの周りを取り囲むように年配のお客さんが人垣を作っていた。

「なあ姉ちゃん、どの味がええ？」

ひとりのおばさんが親しげに訊いてきた。

「どの味もええでー。私は抹茶味が好きやけど、イチゴ味もええでー。Yさんは？」

「私はココアとイチゴ味が好きやわー」

やり取りを聞いていたお客さんが商品に手を伸ばす。

「なあ、お茶と一緒に食べるんやったら、どれがええ？」

「無難なんは抹茶やけど、プレーンもええで」

「ほな、プレーンにしよ」

「私は抹茶にするわー」

商品を手にするお客さん。

「どこでお金払ったら、ええんやろ？」

それを聞きつけ、突然現れた店員さん。それは、気の弱そうな中肉中背のお兄ちゃん。

「お買い上げ、ありがとうございます。全部で〇〇円になります」

と嬉しそうに接客している。

「どこから、あの人出てきたんやろー？」

「試食売り場に、おったっけー？」

「いやー記憶にないけど……」

キツネにつままれたようなふたり。ぶつくさ言っていたら、お客さんがはけた。

さて、ぼちぼち退散するかと顔を見合わせる。すると、先の店員さんが声をかけてきた。

「あのー僕、バイトなんですが、どうも接客が苦手で……。今日は助かりました。ありがとうございました」

そう言って深々と頭を下げた。それから、

「たくさん売れて助かりました」

と言葉を重ね、またまたお辞儀をした。

「こちらこそ、どうもごちそうさまでした。美味しかったです。明日も頑張ってください」

そう言って立ち去った。

試食しただけでお礼を言われたのは、後にも先にもこの一回だけ。たまには寄り道するのも悪くない。空腹感を満たし、心を満たし、大満足のふたりだった。笑いながら電車のホームへと足早に向かった。

7．社会の裏を知ったプー太郎生活

大学卒業後は、実家でのんびり過ごす生活になった。教員採用試験を受験していなかった私は、遅ればせながら画廊や家具屋へ履歴書を送り、就職活動を開始した。しかし、どこも不採用で、縁がなかった。ならば、ここで焦っても仕方がないと開き直り、私は心の洗濯をすることにした。

時は春。日向ぼっこをしているだけで幸せだった。

思えば、この4年間ずっと過酷な生活だった。ここで一息入れるのも悪くない。そう思い直して、毎日幼い犬と戯れた。

夏の教員採用試験まで少し時間があった。試験を受けると言っていたから、両親からのクレームもない。

そして、やってきたゴールデンウイーク。誰もが心待ちにしているこの時期は、私にとって鬼門のような時期でもあった。「うっそ～」と叫びたくなるような出来事が、なぜかこの時期を狙ったみたいに毎年起きた。今年は大丈夫かなー？　気のせいか、心の中が妙にざわついた。何もなければいいのだけれど……。

そう思っていたら、教育委員会から一本の電話が我が家に入った。電話口に出た母から「早く来い」と呼ばれた。受話器を受け取る。丁寧で穏やかな男性の声。

怪我で入院した先生の代わりに特別支援学校へ行ってほしいとのこと。「へえ？」と半信半疑の私。なんでも教育実習で世話になった中学校の校長先生から推薦があったという。恩を仇で返すわけにもいかない。取りあえず話だけは聞こうと思った。しかし、

「とんでもないです」

「やっぱり無理です」

「そんなに困っているんですか？」

「そりゃ、まあ～」

「じゃあ、まあ～」

「お役に立つなら……」

という具合で、話を引き受けてしまった。そのため、翌日、その学校へと出向く羽目になったのだが、私には特別支援学校の知識が全くなかった。だから、今回のことは限りなく未知との遭遇に近かった。つまり不安だった。まあ、来いというんだから、何かの役に立つのだろう。そう思い直して不安を打ち消した。


約束通り、翌日、学校に出向いた。あいさつをすませ、校内見学へ。その後、校長室へ。するといきなり聞いていない内容を告げられた。なんと、3週間は、無給のボランティアだという。えっ、ウソでしょう？　ご冗談を。少々事情があって手続きに時間がかかるらしい。

そう言えば、以前も同じようなことを聞いた覚えが……。記憶が蘇る。大学4回生の時のワンシーン。もう二度と同じあやまちはしないと誓ったはず。なのに、またもや、やらかしてしまったようだ。いまさら断るわけにもいかない。仕方がないので、条件を飲むことにした。

とはいってもフルタイム勤務で、いきなりの宿泊行事だ。ボランティアなのに。有給の教師と同じ仕事をして、一人前に責任を負わされた上に、私だけ無給。そりゃあ、ないでしょうと言いたくもなった。確かに学ぶことはたくさんあった。しかし、何かスッキリしないものが心の底に残った。

任期が切れる少し前のこと。職場では、夏のボーナスの支給についてみんなワーワー言っていた。ボーナスが多いだの、少ないだの、あれを買うだの、買ってやるだの旅行に行くだの、貯蓄に回すだの、みんな一様に盛り上がっていた。

でも、私にはボーナスの支給がなかった。話の輪の中にも入れず、作り笑顔で話を聞いていた。虚しいこと、虚しいこと。踏んだり蹴ったりのみじめな体験になった。次回こそ、その手に乗るまいと強く心に誓った。

そんな体験のすぐあとに、教員採用試験があった。面談時に、私だけ特別支援教育についてくどくどと聞かれた。何かの意図があったのだろう。自分の体験をふまえて考えを述べた。結果は○、合格だった。

初任校はどこになるのだろう。気にはなったが、それは春までのお楽しみということで深く考えることをやめた。中学校の美術で受験したのだから、中学校へ配属されるものだとひとり勝手に思い込んでいた。赴任先が決まるまでに、もう少し自由を謳歌しておこうとのんびり構えていた。

すると、また教育委員会から一本の電話が……。「今頃、何だろう?」と思って電話に出ると、

「すみませんでしたね。このあいだは……」

いきなり謝られた。どうも低姿勢の人に私は弱い。

「今度は、何ですか?」

うっかり思わず訊ねてしまった。

するとこれ幸いにと要件を切り出す相手。

なんでも、産休に入る図工の先生の代わりに小学校へ行ってほしいとのこと。「えっ、なんで?」と思いながらも、最後まで話を聞く。来春3月までの任期だと言うではないか。初任校が決まるまでの穴埋めの勤務、悪い話ではない。何も考えず、「いいですよ」と返答した。

指定された小学校へ出向いた。校長先生と面談をする。教員試験は受けたのかと聞かれたから、「合格した」と笑顔で答えた。すると、

「採用試験に合格しているのなら、1ヶ月だけの勤務になる」

とこれまた予想外のことを宣告された。

「えっ、そうなんですか？」

またしても聞いていた話とは、違うじゃないか。私の戸惑いと腹立たしさ、分かってもらえるだろうか。こうたびたび話が食い違うと、「教育委員会と現場の意思の疎通はどうなっているのですか」と声高に糾弾したくなってしまった。

それにしても、ひどい話だ。これから教師になろうとする私にとって、知りたくもない教育業界の裏側だった。ありがたくもない体験がふたつ。一抹の不安を覚えるのは、私がおかしいのだろうか。それとも、私が世間知らずなのだろうか。そもそも教育業界の常識って……。いろいろ考えていたら腹が立って、頭が痛くなった。だから考えるのを途中でやめた。

やがて小学校での勤務が始まった。着任早々、その学校の分会長から組合関係の出張へ行けと言われた。

「組合員じゃない人間が行くのですか？」

と反論した。すると、上から目線で、

「代理の教員だから行くのが当たり前だ」

と言われた。目がテンになる。納得がいかなかった私は、隣席の先生に事情を話し、相談をした。その結果、すったもんだの末に行かなくてよくなった。非正規教員は便利屋とでも思っているのだろうか。教職員組合もいい加減だった。でも、これが生の教育現場かもしれない。

校長先生との約束通り、ここでの勤務期間は1ヶ月足らずだった。でも、疑問に思うことは山ほどあった。悶々としているうちに、任期が切れた。

任期が切れると、見計らったみたいにまたまた教育委員会から電話が入った。「今度は……」と言って新しい話が切り出される。馬鹿丁寧で、揉み手をするようなこびた言い回し。でも、その手に乗るかと腹立たしく思う私がいた。即座にその話は断った。もちろん失礼がないように……。電話を切ると、腹の中では、怒りがとぐろを巻いて、ドタバタと暴れまわっていた。若かったせいだろうが、ムカついた。

この怒りを鎮めるため、しばらくのんびり過ごすことにした。プー太郎生活も悪くない。ひねもす、のたり、のたりかな……。

青空を見ながら心の洗濯でもしましょうか。いつもののん気な私に戻っていた。

◇ここで、ちょっと寄り道

大学4回生の冬、平屋の家から高台にある新しい家へまたもや引っ越した。今度の家は、和洋折衷の庭とコンクリートでできたガレージと大きな玄関ホールのある家だった。父は「特注だ。注文建築だ」と何かにつけ自慢していたけれど、機能性についてはいまいちだった。ただ、父は外観の良さに満足していた。それはそれでいいのかもしれないが……。

さてこの頃、このあたりは土地開発の真っ最中だった。我が家の周りは、人家が少なく、近くにバスも走っていなかったから、どこかへ出かける時は、以前使っていたバス路線を使っていた。また大学に通っていた時に使っていたのも、このバス路線だった。

そんな中、村の墓は元の場所にそのままあった。しかも、土地の開発と共に山の中腹にあったはずのものが、更地の中にポツンという形になったから、えらく墓地だけが目立つ存在になった。

しかも、歩道には街灯がポンポンポンポンと大きく間隔をあけて立っていただけだったから、夜ともなれば、毎日が肝試し大会のような具合になった。ひと気のない歩道を歩いていると、墓地の墓石がピカッピカッとよく光っていた。もちろん遠くを走る車のライトを受けて光っているのだが、友だちのお姉ちゃんは火の玉に追いかけられたそうだから、いつかそういう場面に出くわすやもしれないと、半分期待して半分ビビっている私だった。

「今夜も、よう光ってる」

強がりとも言える独り言をつぶやきながら、見るとはなしに墓石をチラチラ見て、家に向かうのが常だった。

墓に眠るご先祖様は、

「えらい時代が来たもんだねえ」

「昔の面影がすっかりなくなっちまった」

と嘆いていることだろう。私が子どもの頃に遊んだ場所も今はもう跡形もなかった。

新しい家は以前住んでいた家と違い、二階建てだった。敷地も広くなり、建物自体も大きくなった。どこか借り物のようで、気恥ずかしさがあった。身の丈に合っていないというか、ガレージが立派過ぎるというか、人から「立派なお屋敷ですね」と褒められても、素直に喜べない私だった。

ある日、留守番をしていたら、インターフォンが鳴った。大慌てで外に出ると背広を着たかっぷくのいい男性が黒いカバンを提げて立っていた。

「何のご用でしょうか？」

「あっ、お手伝いさんですか？　今日はご主人様はご在宅ですか？」

どうやら何かのセールスマンらしい。

それにしても、私がお手伝いさんやってー。なんでそうなるねん。私、お手伝いさんちゃうんやけど、ここの娘やでー。

心の中で文句をたれても、作り笑顔で対応する。役者魂全開で……。

「ご主人様は、ただいま外出されておりますが」

「では、奥様は？」

「奥様も外出中です。夜にならないと、おふたりとも、お戻りになりませんが……」

「ああそうですか。ではまた日を改めまして伺います。今日のところは、このパンフレットだけお渡ししておきますので、ご主人様にお渡しください」

そう言って、社名の入った大きな封筒を差し出した。私はお手伝いさんになり切って、恭しくそれを受け取る。

「ご主人様が戻られましたら、お渡しします」

「では、また寄せていただきますので……」

「はい、承知いたしました。必ずお伝えしますので。では、ごめんくださいませ」

そう言って家の中に引っ込んだ。顔がにやける。「我ながら……」と自画自賛しながら笑いの余韻に浸った。

程なく両親が戻ってきた。事のいきさつを説明すると、ふたりも愉快そうに笑っていた。

「なんで、私がこのうちのお手伝いさんにならなあかんねん。おかしいんちゃう。こんな家にお手伝いさん、いるわけないいやん」

「でも、そう見えたんやろー。家、見て……」

父はやけに嬉しそうにしている。私はふくれっ面をしたまま母に言った。

「なあ、今までお手伝いさんに間違われたことない？」

「ない」

取りつく島もない。

「ほんまになーい？」

「ない!!」

「お手伝いさんじゃなくて、『ばあや』なんちゃって……」

そう言ってお茶を濁した。


三日ほどたった頃、例のセールスマンがやってきた。待ってましたとばかりに、早く応対に出るよう母を促す。バタバタと玄関を出ていく。

しばらくすると母が戻ってきた。

「『ばあや』って言われへんかったー？」

「別にー、奥様って言われただけやー」

「ほんまにほんまー？『お手伝いさん』って言われたん違うん？」

「言われてない」

「なんでー、なんでー、なんでー」

うやむやなうちに、この話は終わった。母と私の差って何？　考えれば考えるほど、納得できない私だった。

今まで私は大きな家を見つけると、どんな人が住んでいるのかなと妄想を巡らすのが好きだった。門構えがしっかりしていたり、塀が高かったり、ガレージの車が高級車だったり、塀から覗く木が堂々としていたりすると、妄想が妄想を呼んで、頭の中は妄想タイムになっていた。また、よくあるサスペンスドラマに出てきそうな邸宅を見つけると、勝手にドラマの筋書きを作って遊んでいた。

ところが、私の実家はそんな邸宅ではない。だから、小骨が喉に刺さったようでスッキリしなかった。

しかも私と母は、良くも悪くも容姿がよく似ていたから、その点でもスッキリしなかった。胴長短足のところも、体から醸し出す雰囲気だって……。大学時代の友人が爆笑したくらいだから折り紙つきだった。声だってよく似ている。祖母が電話をかけてきた時、30分以上母と私を間違えて喋り続けたくらいだから、こちらの方も保証書がついていた。服装だって大差なかったはずだが……。なぜ私がお手伝いさんで、母が奥様？

今もそのことを考えると、頭の中は疑問符だらけになる。我が家の永遠の謎かもしれないが、深掘りするのはよそう。

第二章　仕事と家庭と光と暗やみと

1．初任校は体当たりでクリア

初任校はなんと、希望していない校種だった。A特別支援学校への辞令だった。「なんでー？」と素朴な疑問が湧きあがる。考えても仕方がないのに、ハテナが列をなしていた。

不安もあった。私で大丈夫だろうか。本当にやっていけるのだろうか。下手に考えるより聞く方が早い。赴任早々、校長先生にその疑問をぶつけた。校長先生は作り笑顔で「大丈夫」とうなずきながら、ひとこと。しかし、ちっとも大丈夫そうに思えない。こうなったら、「当たって砕けろ」でいくしかないのだろう。開き直ると心が定まった。

まずは、子どもたちと仲良くなろう。がむしゃらになって汗だくで一緒に遊んだ。おかげで、保護者からも同僚からも、よく生徒と間違われた。体格が似通っていたからだ。ちょっと嬉しいような、少々悲しいような……、何とも妙ちきりんな気持ちだった。

しかし、物は考えようだ。若いって言われたと思ってポジティブにいくことにした。発想の転換だ。そう考えれば、知性と教養と美貌に関して自信のない私でも、体力だけは自信があったし、5時起きで4年間大学に通ったくらいだから、根性もそこそこあった。バランス感覚や体幹も、満員バスと満員電車の中でひそかに鍛え抜いた。傾聴ボランティアだって、すでに経験ずみ。ある程度分かる。気長に人の話を聞くことだって。ここは一発、新しい環境に慣れることに集中しよう。そう考えて、実行に移した。

だから、毎日たくさん走って、たくさん触れ合って、たくさん遊んで、たくさん笑うことにした。あんなに無邪気に遊んだのは、小学校以来だった。心が子どもの頃に戻ったような錯覚を覚えた。

加えて昼間、目いっぱい活動するから、夜は爆睡で、朝の目覚めも良かった。なんと健康的な生活。これまた子どもの頃に戻ったような感覚だった。

授業が始まった。生まれてはじめてボディーペインティングの授業をした。自分を解放して大いに楽しんだ。しかし、放課後は掃除と洗濯に追われ、知的労働者から肉体労働者へと早変わりした。連日筋肉痛と闘った。

こうして化粧っ気なし、色気なし、お洒落なしの日々の中で一層、腕力と体力に磨きをかけていった。

バタバタしているうちに1年が過ぎた。着任当初の不安はどこへやら。気がつけば自然消滅していた。職場にも同僚にも生徒にも保護者にも、すっかり慣れた。そして新しい生活とそのリズムにも……。

やがて、この職場で結婚をし、流産をし、出産をして、育児をして、離婚もした。まさに人生のフルコース。酸いも、甘いも、辛いも、苦いも、人生の機微を全部フルコースでぜいたくに味わった。

在籍7年。人として大きく成長する時間をもらったようだった。たかが7年、されど7年。年数以上のものを私はしっかり受け取った。折れ線グラフのような浮き沈みの激しい7年間だったけれども、この7年間で私は人としてゆるぎのない基盤を作った。そしてなにより精神的に強くなった。新生まだあっこの誕生だった。

◇ここで、ちょっと寄り道

新任者研修の中にはいろいろな研修があった。その中の一つに水泳の講習会というものがあった。ここへきて「水泳の大逆襲」だ。マグマ大使かウルトラマンかドラえもんを呼びたい気分になった。ピンチ、ピンチ、大ピンチ!!

水泳の講習会に照準を合わせ、清水の舞台から飛び降りたつもりで、スイミングスクールに入会を申し込んだ。関西で言うところの「必死のパッチ」だった。

成人コースを選択すると、7、8人の生徒に対しコーチがひとりつくようになっていた。そして、生徒はというと、年配者が少々、中年の方が塊で、若手が少々といった具合だった。でも残念ながら、私のようにどんくさい生徒はひとりもいない。みんなビート板を足に挟んだり、ビート板に手を置いたりして、それなりにうまく泳いでいた。

しかし、私は水に潜ったり、浮き身をするところから、基本の「き」からのスタートだった。あんまり時間がないというのにと、少々焦り気味の私だった。しばらくすると、クロールの腕の動かし方とバタ足の練習に入った。少しだけホッとしたけれど、コーチから合格点をもらわないと、ステップ・アップできない仕組みになっていた。だから、その点が気がかりだった。というのも、クロールに入る前の基礎トレーニングでかなり時間を費やしてしまっていたからだ。本当にこの調子で大丈夫なのだろうか。水泳講習会に間に合うのだろうか。講習会の開催日が迫る中、心配になった。不安を抱え込み、必死の形相でレッスンを受ける。

そうこうしていたら、やっとクロールの息継ぎのレッスンへ。指示通りにはなかなかできない私。鼻に水が入って鼻の奥が痛くなるし、水を大量に飲み込んで胃袋が重いし、気管に水が入ってむせて涙目になるし……。見るも無残、惨憺たる状況だった。

魚だったら良かったのに……、いえいえ、カエルの方が良かったのかな？　どんどん発想が違う方へ飛んでいく。そして行き着く先はいつも同じ。「子どもの頃に習っておけば、……」になった。

私がいつもこんな調子だったから、コーチの方も半ば諦め気味。見切り発車で、次のレッスン、背泳へ。

まずは腕の動かし方、そして次に手の平の向きであったり、手の動かし方へと、どんどん細かな指示やアドバイスになっていった。でも私はと言うと、苦手意識が先行して、コーチからああだ、こうだと聞けば聞くほど、頭がこんがらがり、前はできていたことができなくなった。頭と心と体のチームワークがとれない。こうなるとメビウスの帯状態。やればやるほど下手くそになった。

何のためにレッスンを受けていたんだっけ……。自分でもわけが分からなくなってきた。その上、一番苦手とする平泳ぎのレッスンは、いつ教えてもらえるのかさえ分からない。大丈夫じゃないかも……。不安がいつしか確信に変わった。そして、嫌な予感は的中した。

平泳ぎのレッスンに入るより先に、例の水泳講習会の日がやって来た。会場は室内プール。天候とは無関係だった。もはや神頼みもきかない。

会場に着くと、小学校の時の同級生にバッタリ会った。どうも同じ講習会を受けるらしかった。

「アンパン、何しとんねん？」

「何しとんねんって、水泳の講習会に決まってるやろ。タラコは？」

アンパンは私のあだ名、タラコは友だちのあだ名だった。

「オレも一緒や。オレ、○○小学校の先生になってん。アンパンは？」

「私はA特別支援学校」

「ほんまかー、ウチの学校に近いところやんなー」

「えっ、知っとん？」

そんな雑談をしていたら、講習会が始まった。組分け発表がある。なんと友だちと同じグループ。これはまずい。よりにもよって、なんで友だちと一緒のグループ。しかも、ここのプールは深い。入水すると足先が触れるか、触れないかの微妙な深さ。まさにダブルパンチ。

そして、講習会は「講習」という漢字はついても、内容的には泳力の発表会のようなものだったから、ヒエ～～!!もいいところだった。勝手に心臓がバクバクし始めた。

まずはクロール。飛び込みをして距離を稼いで、何とか25メートルを泳ぎ切る。

次は背泳。これまた蛇行した泳ぎではあったが、目的地には到着できた。

そして問題の平泳ぎ。必死の形相でもがいていたら、

「おいアンパン、全然進んでへんでー」

「おいアンパン、泳いどんかー？」

「おいアンパン、……」

プールサイドからありがたい（？）声援が飛んできた。私は声なき声で叫ぶ。

「ほっといてー‼」

「見んとってー‼」

「黙っとってー‼」

半ば溺れるように泳いでいる。私には返事をする余裕などない。ブクブクと水中に沈んではプールの底を蹴って浮上して、また平泳ぎらしき動きをしてはまた沈む……。これを何度も何度も繰り返す。太平洋のような**25**メートル。遭難することなく向こう岸に着いたものの、プールサイドに上がれない。ため口をきく元気もない、漂流者のような私だった。

「終了」と告げられ、二日目の事務連絡があった。その後、解散。悪夢のような水泳講習会第一日目が終了した。

そして迎えた二日目。ほんの少しだけ泳ぎの講習が入った。初めて目にする横泳ぎ。講師はこともなげに**「誰でもすぐ泳げます」**と言った。しかし、私にはほら吹き男爵の言葉

にしか聞こえない。

平泳ぎを少しアレンジしたような泳ぎ方だから、大丈夫だという。ならば平泳ぎがうまくできない私はどうしたらいいのだろう。

講師は受講者の前でスイスイ泳いで見せた。余裕綽々、得意満面。あなたはいいよ、あなたは……。恨めしそうにその姿を睨む。

「さあ、みなさん、分かりましたか。では順番にプールに入って泳いでいってください」

講師は立ち泳ぎしながら、指示を出す。

「誰でもすぐに泳げます」って言われても、困る。落ちこぼれの私には至難の業。前世が、あめんぼうだったらよかったのに……と真剣に思っていたら、私の順番が回ってきた。

入水し、体を斜めに浮かせてみる。それから、先ほど見たように手をすり合わせてスライドさせる。足は……。講師の泳ぎ方を再現しようと努力はした。しかし、どうやっても違う泳ぎになってしまう。一掻きするたび、全身がブクブクと水中に消えた。そして浮上して頭を出す。また一掻き……。平泳ぎ以上にぶざまな姿。

「おい、アンパン。それ何泳ぎやー？」

「おい、アンパン。潜水の練習しとんかー」

プールサイドから今日も友の声。「こっちを見るな」とばかりに睨みつけたまま、水中に沈んでいく。

「おい、泳いどんかー？　溺れとんか？」

などと言って、笑っていやがる。

水上、水中、プールの底。水上、水中、プールの底。忍者の水中歩行の練習のようだった。どう見ても、横泳ぎではない。もう破れかぶれの状態。そして、昨日以上に向こう岸は遠い。プールは成長しているのだろうか。ようやくたどり着いたプールサイドに明石タコのように這い上がる。息も絶え絶え、指定された場所へとたどり着く。

「アンパン、横泳ぎできたか？」

小声で友だちが訊いてきた。見れば分かるだろうに……。

「泳げるわけないやん‼　今まで泳いだことないのに。タラコ、見とったんやろー」

ムッとした顔で相手を睨む。

「オレもやー。うまいこと、泳げんかった」

余裕のコメント。何がうまいこと、泳げんかったや。泳げただけでもましやないか。

心の中で怒りの声がランニングをしている。冷静を装い、言葉を返す。

「私なんか全然泳がれへんかってんでー。タラコの方が、まだましやったやん。私、浮いてる時間より水中に沈んでいる時間の方が多かったくらいやー」

図らずも笑いを取ることには成功した。

こうして二日目も無事終了。

大恥をかき、へとへとになった二日間だった。ますます水泳が大嫌いになって、ますます苦手意識が強化された講習会だった。「泳ぎが苦手な者もいるんやぞー!!!」と強く主張したい。委員会のお偉いさんは誰も聞いてはくれまいが、真剣にそう思っていた。落ちこぼれの新米教師は、落ちこぼれの生徒の気持ちがよく分かる。そう強く主張したい。とにかく、一難去った。

自宅に帰り着くなり、一息つく。風呂に入ると、肌がすべすべになっていた。アライグマみたいに何度も濡れた顔をこすり、洗濯機で揉まれるように水中で格闘していたからだろう。全身くまなく垢が落ちたということだ。つまり、プールの中は……。無粋な想像が広がっていく。

風呂上がりの肌はうっすら輝いていた。べっぴんさんにほど遠いが、肌美人にはなれたみたいだ。

2. 石橋を叩いて結婚の橋を渡る

話は前後するが、初任校のA特別支援学校で、私は9歳年上の元同僚と結婚をした。といっても、大恋愛をしてやみくもに突き進んだわけではない。お見合いに近い職場結婚だった。ちょうど職場に馴染んだ頃の話だ。

今まで数多くのトラブルに巻き込まれてきた私だ。慎重の上にも慎重を、慎重の二段重ねで、今回こそ失敗しないよう事前調査は念入りにおこなった。

まず、つき合いが本格化するまでの聞き合わせ。まわりの同僚は、「優しくて真面目で子ども好きな人だから、大丈夫」と太鼓判を押した。それを信じて、ひとつコマを進めた。やがて正式なおつき合いになり、結婚する方向へと話は自然に流れていった。

それでも結婚を決めるにあたっては、再度チェックをした。相手をよく知る人物に直で相談をした。その際、結婚相手は転職組の苦労人だと聞かされた。「苦労した分、人間ができている」と思い込んだ。結婚への道は抜かりがないはずだった。

私は面食いでも、外見にこだわるタイプでもなかった。社会人からの転職組で苦労人と聞いていたから、人の痛みが分かる人だろうし、9歳も年上だ。自分より9年分積み上げてきた体験や経験があるのだから、私よりずっとオトナの人だと思っていた。加えて、スポーツマンで爽やかなイメージもあった。「いいんじゃな〜い」と結論づけて結婚へゴー。そして新婚旅行。私には明るい未来が待っているはずだった。

ところが、新婚旅行へ出発したら、すぐに分かった。見てはいけないものを見るはめになった。踏み込んではいけない世界だった。気づいた時には、すでに手遅れ、「暗黒の世界へいらっしゃ〜い」だった。

夢想していた淡いピンク色の新婚旅行は見事に消滅した。あんなに叩きまくって石橋を渡ったはずなのに……。見えなかったものが見えた瞬間、人間の奥深さと多様性を知った。小説の『ジキル博士とハイド氏』を思い浮かべた。

歌謡曲の歌詞でもあるまいが騙された私が馬鹿なのか、騙したあなたが偉いのか、そんなキャッチコピーが頭を巡った。いずれにしても、新婚生活は思い出すのも嫌になるほどブラックだった。何をしても、何を言っても罵倒され、糾弾される日々。相手の判断基準が、私には全く理解できなかった。一般的な常識に根づいたものなら良かったが、それは彼独自のものだったから、彼の気分次第で全てのことは判断された。すなわち彼自身がルール。

最初の頃は、それでもお互いの理解が不十分だと前向きに事態を捉えていた。しかし、そんなことを考えていたのは私だけだった。話せば話すほど溝が広がり、どんどん深くなって、言い合いになって、疲弊したのも私だけだった。

全ての実権は連れ合いが握っていた。何事も自分が思うようにならないと、機銃掃射のように言葉で捲し立て攻撃してきた。部屋を移動してもついてきて執拗に罵倒した。休みの日になると特にそれはひどかった。気分にむらがあり、瞬時、瞬時で顔色が変わったから、私は睡眠不足にも陥った。そして精神的にもダメージを受けた。まだ、DVなんて言葉が知られていない頃の話だ。

当時、私は実家から歩いて2、3分のところに住んでいた。普通ならばこんな時、自分の親に相談するのだろうが、私はできなかった。話を聞いてくれるような両親ではなかったからだ。

高校生の時、苦い思い出があった。うっかり弱音を吐いて、愚痴を言ったら、一方的に罵倒されたのだ。受容も傾聴もなかった。あるのは「我慢しろ」の言葉だけで、どんな理由があろうとも、いつもそれは同じだった。

両親は、「親や教師、男性や年上に不平不満を言うなどもっての外」という考えを持っていた。特に父は男尊女卑の考えが強くて、母も庇ってくれるようなタイプではなかった。

結婚してから孤独な戦いが始まった。職場にいる間だけ、気兼ねなく話ができた。職場は自分を解放できる唯一の場所だった。

連れ合いは、表と裏の顔が極端に違った人だった。しかも、私以外の者にその裏の顔を晒すことはなかったから、親しくしていた人も裏の顔を全然知らなかった。そして私も結婚するまで、こんなタイプの人間がいること自体、全く知らなかった。経験者しか知りえないこと。連れ合いはよくいう「外面のいい人」とは明らかに違うタイプだった。

こうして、「失敗しないぞ‼」と臨んだ結婚は見事に砕け散った次第だ。でも、「成田離婚」はできない。私の両親が猛反対するのは目に見えていたからだ。「世間体が悪い」「辛抱が足りない」と言われるのがオチだった。それに、職場の同僚だって同じだろう。連れ合いの裏の顔を知らないのだから……。私の取った行動を理解してくれと言ったところで無理だろう。だから、「成田離婚」ならぬ「伊丹離婚」をするわけにはいかなかった。

その上、時々「ごめん」と連れ合いが謝ってくるから、「もしかしていい方向にいくのでは……」と思ってしまう私の読みの甘さも手伝って、即離婚という考えには至らなかった。時間がたてば……、努力をすれば……、子どもができれば……と考えてしまったのだ。その結果、悲惨な生活をズルズル続けることになった。

結論から言うと、何をやってもダメなものはダメだった。努力しても、時間を重ねても、子どもが生まれても、変わらないものは変わらなかった。変わったのは自分だった。自分が壊れそうになっただけだった。

この結論に達するまで、私は随分もがき苦しんだ。あの水泳講習会の時とおんなじだ。しかし今回は、もがき苦しんだのは私ひとりだけではなかった。子どもふたりにも大きく影響が出ていたのだ。幼児なのに笑わなくなった。視線も合わなくなった。睡眠時間が異常に短くなって不安定になった。

「ごめんなさい」だけでは償えない重たいものを子どもに背負わせてしまった感がある。子どもが順調に成長するだろうかと、そればかりが気になった。

決断を下したのは29歳の時だった。1歳未満の下の子と2歳未満の上の子を連れて離婚した。全ては子どもを守るため、そして、もう一度自分を立て直すため。世間体なんて「クソくらえ」だった。もう、そんなことはどうでも良かった。

でも、離婚に至るまでにはいろいろあった。激ヤセして結婚指輪が抜け落ちたこともあった。幸せ芝居を演じたり、流産したり、姑と一戦交えたり、その姑に直談判に行ったり、母が連れ合いに軟禁されたり、それはそれはいろいろあった。ブラッククリスマスもブラック正月も経験ずみ。「死んだ方がましだ」と悲観した時期も人並みにあった。でも生き延びた。自分の子どもに救われ、教え子に救われ、亡き友に救われて命を長らえた。

連れ合いは、父と交わした約束を全部ほごにしたまま退去した。「男の約束」はチラシより役立たずでとっても軽いものだった。

もちろん、養育費も慰謝料もない離婚だ。残ったものは、仲人さんへの説明と私と連れ合いの職場への離婚連絡、それから郵便物の転送。連れ合いがしなければいけないことを放棄して立ち去ったからだ。だから、全て肩代わりにする羽目になった。

どこまで行っても食えないヤツ。どこまで行ってもツキがない私。うっかりどこかでツキを落っことしてしまったのだろうか。

◇ここで、ちょっと寄り道

上の子がまだお腹にいて、ちょうど妊娠8ヶ月ぐらいの頃の話。作品をとある公募展に出品した。それは、卒業制作の150号サイズの絵だ。どっしりとしたシロサイがこちらに顔を向けて立っている、ただそれだけの絵だ。バックは樺色。動物の「カバ」色ではなく、オレンジがかった黄土色のことだ。

題名は「只今参上」。その絵を手直しして出品したのだ。

さて、審査結果がもう出るだろうと思う頃、一本の電話が実家に入った。てっきり受賞したものだと思い込んだ私は、喜び勇んで受話器を受け取った。

「お電話代わりました。マダでーす」

「あのう、誠に申し訳ないのですが、出品していただきましたサイの絵、破損いたしましまして

「……。今、非常に目立つ場所に展示しておるんですが、いきなり裂けましてですねぇ、このままだと展示が難しいかと……。至急修理、お願いしたいんですが……」

「ええっ、うそー。本当に裂けたんですか？」

「はい、ズバッと……」

「実家の居間に4年間置いていて、大丈夫だったんですが……」

「そうですか。実は今回何点か絵が破損しまして……、他のは、全て選外でしたので……」

「そうなんですか。ところで、そんなに私の絵、ひどいことになっているんですか？」

「はい、ひどいです。半分くらい裂けてます。しかも避けた部分が上からベロンと覆い被さっています……」

「そんなにひどいんですか……。で、なんで破れたんですか？　原因は何ですか？」

「さあ、それがよく分からないんです。なにぶんにも初めての公募展なもので……」

「そうですか、分かりました。できるだけ早くそちらへ行こうとは思いますが、私も身重なもので……」

「あっ、そうなんですね。でも、できましたら、明日がいいんですが……」

「ええっ、明日ですか？」

「はい、できれば……。賞には入ってないのですが、入選作の中では一番いい場所に飾ってあるもので。私どももこの絵が大変気に入りまして、この場所に決めたんですが……」

「あっ、どうもありがとうございます」

修理を頼まれて、礼を言うのも妙なものだった。しかし話の内容に一部称賛されているニュアンスを感じ取り、ついついお礼を言ってしまった。私が黙っていると、相手は、

「明日だと休館日になっていますので、一日ゆっくり作業していただけるんですが……」

と言ってきた。

「あっ、はい」と、しどもどろの私。

「修理していただくには、ちょうどいいかと」

「ああっ、まあ、はい」

「じゃあ、明日お待ちしております」

ということで翌日、某所にある会場へ出向くことになった。

こうして、私の絵は動物の「サイ」の絵から、災難の「災」の絵に代わり、私は私で「サイ女（じょ）」から「災女（さいじょ）」に生まれ変わった。妊婦とはいえ、こんなところで「災難」を産んでしまうとは……。不覚だった。

翌日、ヒマ人の父を口説き落として、身重な私は車に乗せてもらい某所にある会場へ。

展示会場に着くと、係らしき男性が申し訳なさそうにひとり立っていた。

「このたびは誠に申し訳ないことで……」

父に向かってペコペコとお辞儀をする。

「いい絵を出していただきましたのに……」

またまた父に詫びていた。えらい勘違いだ。らちが明かないから、

「あのー、描いたのは**わ・た・し**です」

と話の中に割って入った。

「あっ、てっきり男性が描いたものだと……。どうもすみません」

父がニヤリと私の横で笑った。

確か昨日、身重だと言ったはず……。父が身重なはずはない。だいいち、作品には「○○敦子」と名札までついている。中国の「孟子」や「孔子」といった名前と混同しているはずもなく、単なる思い込み。思いっきり絵の印象で勘違いされようだった。苦笑いするしかない。

とってつけたように愛想笑いをしながら、担当者は父と私を伴ない展示会場をひと回りした。その時、私は気づいた。原因は過度の乾燥によるものだと。

通常、日本画の展覧会では、加湿しながら展示をおこなう。乾燥すると和紙などが収縮し

て絵具に亀裂が入ったり、和紙などに負荷がかかったりして傷むからだ。特に、乾燥する冬場は加湿が欠かせなかった。

なのにこの会場には加湿器が一台もない。水を入れたコップさえも見当たらなかった。その代わりガンガンに暖房の空調がついていた。つまり、乾燥注意報どころか乾燥警報（？）のレベルだった。

お肌の大敵である乾燥は、日本画にとっても大敵だった。担当者には、その旨を説明して改善をお願いした。翌日から展示会場には加湿器が置かれ、入賞者の展示ケースの中には水が入ったコップが置かれた。

地方の公募展、第1回目は何が起こるか分からないところがある。とんだとばっちりを被った。悪気はないのだけれど、配慮が足りなかった。

さて、問題の絵の修理。「やれることは全てやりました」と私は強く言いたい。ベロンチョッとだらしなく垂れ下がっていた絵の一部は、湿布を貼るよう細長く裂いた麻紙を重ね貼りして、何とか元の形に復元した。その上から水干絵具（すいひえのぐ）と岩絵具を塗る。色調を合わせ、できるだけ目立たないように……。しかし、誤魔化しきれないものがある。ちょうど顔のシミと同じ。塗れば塗るほど、余計に目立った。短時間の修復には限界がある。とにかく作品の撤去だけは免れた。

修理作業は一日中、絵に覆い被さるような姿勢でひとりおこなった。妊娠8ヶ月の私には、それはとても過酷な姿勢だった。しかも一日中だ。私のお腹は鋼鉄のようにカッチカチのお腹になって抗議した。俗にいうお腹が張るという状態。作業が終わると、どっと疲れが出て、気分は何を隠そう最悪だった。

翌日はダウン。実家でゆっくり養生していたら、父がひとり、自分が絵の作者に間違われたとご満悦。これも一つの親孝行か。そう思い直すことにした。

どこまで行っても報われない私。幸運よ、どこへ行ったんだい。迷子になったんかー？

3. 戸惑いの職場復帰

旧姓に戻って職場復帰した。もちろん、A特別支援学校にだ。産休・育休・産休・育休と立て続けだったから、2年2ヶ月ぶりの職場復帰。休んでいる間に、職場のメンバーは大きく入れ替わり、様変わり。

「ダンナに捨てられたというのは、あんた？」

いきなり隣席の教師に言われた。なんとデリカシーのない言葉。初顔合わせで、もうこれだ。

「捨てられたんじゃなくて離婚したんです。どうぞよろしくお願いします」

ムッとした表情で挨拶をする。この先が不安になる。しかし、それは取り越し苦労だったようで、前から知っている同僚たちからは、

「今回は大変やったねぇ」

「メンバーが随分入れ替わってるやろ。分からんかったら、聞いて」

「子どもさん、大丈夫？」

などと優しい言葉をかけてもらった。少しだけ安堵した。肩ひじ張っていた気持ちがゆるゆるとほぐれた。とはいっても、2年以上のブランク。元の職場に戻ってきたというのに、違う雰囲気になっていたから、慣れるのに時間がかかった。戸惑うことも多かった。

復帰後、仕事の関係者に会うと、「ダンナを捨てた」だの、「捨てられた」だの、暇つぶしの話のネタにされることは、あいさつ代わりだった。どうやら、私は何を言っても傷つかないと思われていたらしい。

泣くほどヤワではないけれど、私だって傷口はまだ塞がっていない。なのに他人の痛みが分からない人間のなんと多いことか。これから一緒に仕事をする仲間かと思うと、心許なく感じた。ここは無視するしかない。時が解決してくれると信じ、じっとその時を待った。

私は、職場復帰する約2ヶ月前、友人・知人・恩師・親戚に近況報告の葉書を出していた。旧姓に戻ったこと、住所が変わったこと、シングルマザーで子育てすることなどをさらりと書いて明るいイラストと共に……。

すると、ある日を境にして、ジャンジャン電話がかかってくるようになった。連日の大賑わい。みんな同じことを訊いた。

まずは、そうなったいきさつ、次に元連れ合いの人柄、離婚した期日、慰謝料、養育費、最後は現在の住居という具合だった。

そして最後は、

「体に気をつけてね」とか、

「頑張ってね」とか、

「あっちゃんなら大丈夫!!」

とか言って電話が切れた。ひとり当たり約1時間から2時間といったところだろうか。まるで大衆演劇の特別公演。

最初の頃は、私も言葉を選び、考えながら慎重に喋っていた。しかし「下手な鉄砲も数打ちゃ当たる」。数をこなすうちに講談師のようにポンポンポンしゃべられるようになった。

そして喋り方もニュース風の堅いものから、ワイドショー風の柔らかなものに変わり、くだけた講談調や漫談調になって、最後は漫才風になった。だから、電話の相手はプッと噴き出し、慌てて「笑ってごめん」と謝った。お笑い芸人でもないのに、私は笑い声を聞くとなんだか救われたような気になった。きっと関西人特有の血が騒いだのだろう。

「心配してたんやけど、元気そうで何より」

「落ち込んどっても、仕方ないし……」

「それでも、小さい子どもさんがおって、大変やったね」

「そりゃそうやけど……、でも離婚してスッキリしたわー」

で、私の話の締めも定型化した。

こんなやり取りを毎日4、5件こなしていたから、1週間を過ぎる頃には、応対はベテランの域に入っていた。だから、私のノミの心臓には剛毛がびっしり生え、職場復帰する頃にはゴジラの心臓と言えるまでになっていた。

連日喋り倒したおかげで、心の棚卸しも心の整理も自然な形でできた。開き直って、心に溜めていたものを全部ドバッと吐き出すと、前向きになれたのは確かだった。不思議なほど、清々しい気分だった。

◇ここで、ちょっと寄り道

私は、いつも気づけば尻拭い請負人になっていた。別に希望したわけではないが、知らぬ間に、そうなっていた。これで手数料が取れたのなら、ひと儲けできただろう。がっぽり儲かって夢の大御殿なんちゃって……。

今回も、元連れ合いの尻拭い（フォロー）をする羽目になった。もちろん無給のボランティアとして自分でも、よくやるわーと苦笑いした。

実は元連れ合い、自分の職場に離婚の連絡をしないまま、なかったことにして次の職場へ異動しようとしていた。もちろん、自分の給与に子どもの扶養手当をつけたままで……。私が自分の職場に離婚の連絡を入れた時、そのことが発覚した。見つけたのは事務方。慌てたのは元連れ合いの職場の事務方。事務職員間の連絡という形で処理してもらったものの本当にせこいヤツ。親の顔が見たい。いやいや、知ってるか……。ええ歳こいて、手間のかかるヤツ。自分のことぐらい自分でやれよ。そううそぶく私がいた。

アパートを引き払う前に、隣室の奥さんに挨拶をしに行った。気さくな人柄の方だったから、とても話がしやすかった。それにおすそ分けをし合う間柄だったから、私も本音で話ができたのもあった。

「こんにちは、隣のマダです」

「あらっ旦那さん、明石に転勤になったそうやねえ」

「えっ、誰からそんなこと聞いたんですか？」

「お宅の旦那さんからよ」

「えっ、そんなこと言ってました？」

「そうそう、職場から遠くなるから、単身赴任で引っ越すって、先日、挨拶に見えて……」

「えっ、単身赴任ですか？　どこまでいっても見栄張りですねえ。そんなこと言いましたかー。実は離婚したんです……」

「あっ、やっぱり!!　何だか変だと思ってたんよー。だって明石（あかし）だって言うから……」

「もうちょっと気の利いた嘘をつけばいいのにね」

「あまりに近過ぎる転勤先だったもので、おかしな話だなーって」

「本当におバカですよねえー、せめて姫路ぐらいにしておけば話の辻褄が合うのに……」

そう言ってお互い爆笑した。

住居があった場所から明石へは、バスと電車で20分ちょっといったところ。どう考えても単身赴任が必要な距離ではない。元連れ合いは、ここでも、しっかり墓穴を掘っていた。

「少しは知恵を使えよ」と、呆れ果てた。実にお粗末な話。離婚の報告をしながら、隣の奥さんとカンラ、カラカラとよく笑った。

「短い間でしたが、お世話になりました」

「ご実家に帰られるの？」

「はい、親の意向があるもので……」

「でも、その方がいいかもしれないね。親御さんに子どもさんを見てもらえるだろうし、子どもさん、ふたりともまだ小さいから……。奥さんも大変だと思うけど、頑張ってね」

「奥さんもね」

そんなやり取りをして、静かにドアを閉めた。

開き直れば、怖いものはなくなった。中途半端に見栄を張ると自滅するか、失笑を買う羽目になる。元連れ合いを見ていてそう思った。「恥をかいてなんぼのもんや」。

捨て身の覚悟で、子どもを育てていこうと決めていた。気持ちはサムライ、体はオバサン。時代遅れのような女剣士の誕生だ。でも、まだ時代劇からのお誘いはない。

4．四面楚歌からの脱却なるか

離婚して、A特別支援学校に復帰して10ヶ月ちょっとで異動となった。次に赴任したのはB中学校。母の母校だった。今でこそビルやマンションが建ち並び、すっかり都会化された地域だが、私が着任した頃はまだ田園風景がどこまでも広がる、のんびりとした地域だった。それは、子どもの頃に眺めていた風景に近く、バスの本数が少ないのもよく似ていた。だから心躍るものが私の中にあった。B中学校では特別支援学級と美術を一学年担当すると決まっていた。やる気満々で赴任した。

ところが、校長室に招かれてまずはビックリ。校長先生の顔が知っている顔と違っていたからだ。今はやりのプチ整形ではない。人が代わっていたのだ。「えっ」と思って聞いていたら、以前聞いていた約束とは全く違うものになっていた。しかも、

「お前のような役立たずの教師が、採ってもらえただけでもありがたく思え」

と、いきなり上から目線で言われる始末。今なら大事になりそうなものだが、当時は、まだそんな物の言い方をする人がたくさんいた。

「私、何か悪いことしました？」

と思わず訊き返したくなった。特別支援学校から来た教師は、使いモノにならないと言い切る高飛車な態度とひどい言いぐさ。さすがに顔が引きつった。顔面から笑みが消えた。

校長の話がつけっ放しのテレビのように垂れ流しになった。私の脳内ではまたもやひとり問答が始まった。そもそも、初任校を決めたのは私じゃないやん。決めたのは教育委員会やでー、私は出された辞令に従っただけやん。それでも私が無能者として責任を問われるんかいな？　そりゃおかしいやろ！　授業や生徒の指導の様子を見んと、なんでそんなこと、言われなあかんねん。無能者と判断する材料はどこにあんねん!!　思い込みが激し過ぎやろー。

教育委員会主催の研修会や講習会では、枕詞のように**「特別支援教育は教育の原点です」**とこれまで聞かされてきた。なのに、普通校の現場ではそう捉えていないし、思っていない。全部が全部とは言わないが、少なくとも私の目の前の校長は、そうだった。しかも、そんな管理職とはなぜかご縁があるようで、縁切り寺へ駆け込みたい心境になった。どこかで「また、やってしまったのですね」と災いの女神が冷ややかな目で私を見ているようで、嫌な予感がした。

離婚がすんで一息つけると思っていたのは、どうやら甘かったようだ。知らず知らずのうちに次の荒波に飲み込まれていたと、その時、初めて気がついた。

話に聞くと、私が最初に面談を受けた校長は、退職前の校長だったそうだ。そして、新しい校長に何一つ面談内容を引き継ぐことなく、素知らぬ顔で退職した。あまりに無責任。ひどいものだった。

代わりに、知らない情報が山のように出てきた。それは、私の前任者が全職員と激しく対立していたこと、改善しないまま異動したということだった。そのとばっちりは、歓送迎会で**「歓迎しない」**という形ですぐ現れた。着任早々、いきなりの四面楚歌。驚きと共に、不安の暗雲が成長していった。そして、その不安を目（ま）のあたりにする。

着任しても、話しかけてくれる同僚はいなかった。もちろん、情報をくれる人や協力してくれる人もいない。支援してくれる人もいなかった。

孤軍奮闘の日々が始まった。問題は山積。ストレスは雪ダルマ式にどんどん大きくなっていく。でも手の打ちようがない。ここでも全ては日にち薬だった。人間関係を築くのに約1年かかった。気が緩むと、とたんに自律神経がいかれた。超低血圧になり、免疫力が落ちて、過敏性腸症候群に何度も悶絶した。

「恐るべしストレス、気をつけろストレス、おまえのすぐそばにいる」

これは自分に向けた戒めの標語だった。この時のツケが後年、次の学校に赴任してから芽を吹くことになるのだが、この時点では何も気づかない私だった。

ありがたいことに職場で人間関係を作るきっかけをくれたのは、「歌って踊れる」保健の先生だった。一緒に着任した教師のひとりでもあった。彼女は性格がチャーミングだった。そして容姿も。着任して間もないというのに、教師や生徒から注目が集まったし、人気があった。着任当初、私の唯一の話し相手でもあった。愚痴を言い合い、よく一緒に帰ったものだ。

駅ナカにBGMのないとても静かな喫茶店があった。ある日、帰りにふたりでふらりと立ち寄った。軽いものを頼み、思いのたけを語り合う。窓越しに行き交う乗客の姿。でも気にもとめないふたりだった。

翌日、その保健の先生がニヤニヤ笑いながら近づいてきた。

「マダさんと私、つき合ってることになってるでー」

「なんでよー。女同士やでー」

「でもマダさん、そう見えへんかったみたいやでー」

「なんで‼　珍しく薄化粧してたんやから……」

「でも、違うように見えたみたい。私の知り合いがたまたま喫茶店にいるとこ、見かけたって……。それがねっ」

そう言って、プッと噴き出した。私は思わず言い訳をした。

「上はカッターシャツとブレザーで、下はジーンズ穿いてたんやでー。何か問題ある？」

「ある……。知り合いに『昨日、デートしてたん？　ちょっと女性っぽい人と』って言われたんやでー」

「それって、私が男性に見えたってこと？」

「そういうこと。一応『デートじゃない』って否定はしたんやけど……」

胴長短足の私は、座高が高かった。だから椅子に座っている時は、実際の身長より高く見えた。しかも女性っぽい男性ってことになっている。宝塚歌劇団の男役なら格好よくて褒め言葉にもなるが、私の場合は、ちと違う。男性が……から始まって、女性っぽいで終わるのは、褒め言葉でも何でもない。ただの勘違い。ふたりして大笑いした。鬱積していた思いが、笑いと共に吹き飛んだ。しばらくの間、この話題で盛り上がった。笑い合うネタになった。

荒涼とした日々が徐々に変わり始めたのは、いつの頃からだろうか。雑談できる同僚が増えるにつれて、私を取り巻く、職場の環境も特別支援学級生との関係もいい方向へと動き始めた。

着任したその年の秋、全市の中学校・特別支援学級行事「仲よし学芸会」なるものがあった。本校は、「アヴィニヨンの橋の上で」の曲を流しながら、パン屋さんや運転手さんなどに扮した生徒が上手から下手へ、下手から上手へ、代わりばんこに登場して消えるといった、実に単純な出し物で出演をした。舞台上の移動だけなのに、7人の生徒はどの生徒も実に楽しそうに演じていた。

その中でも、三つ編みのカツラをかぶった細身の男子生徒は大はしゃぎして、まるで自分が大スターになったかのように振る舞っていた。最後に7人の生徒と私が、一列になって、舞台から客席に降りて退場するフィナーレでは、どの生徒もアイドル歌手並みに客席から握手を求められ、「ブラボー」と掛け声をかけられ、拍手喝采を浴びながらの退場となった。スポットライトに照らされて、誇らしげな顔が七つ。

「またやりたい」

「こんなんやりたい」

興奮冷めやらぬ中、生徒たちは口々にそう言った。正直ほっとした。そして私もその成功に酔いしれた。B中学校へ赴任して、初めて手にする成功体験。生徒と同じくらい私も嬉しかったことを覚えている。

思えば、歓迎されないところからの出発だった。結婚生活を送っていた時とは一味違ったストレス満載の毎日だった。西川きよしさんではないけれど、「小さなことからコツコツと」を日々積み上げて、やっとここまで来た。やっと努力が報われた。一筋の光明が差し込んだ瞬間だった。しかし、全てが全て順調だったわけではない。曇る日もあれば、雨の日もあった。嵐の日だって、吹雪の日だって……。でも、日がたつにつれ、年を追う毎(ごと)に、自分の居場所がここだと胸を張って言えるようになった。笑い合える仲間もできた。支えてくれる仲間も。

私は、居心地が良くなるとついつい長居をしてしまうタイプだった。気がつけば、在籍年数は8年にもなった。阪神淡路大震災は、この職場にいる時に経験し、そして、その傷がいえないうちに、私は次の学校へと異動した。次はまた特別支援学校になった。

思い起こせば、B中学校で唯一心残りになっていることがあった。それは、普通学級の担任を経験できないまま、ここを立ち去ることだった。ただ、あれこれ考えてもどうしようもないことは、どうしようもない。考え疲れてくると、もうどうでもよくなってきた。特別支援教育を極めるのも悪くない。そう気持ちを切り替えた。

いい仲間に出会えたじゃないか。マイナスもあれば、プラスもある。長く辛かった日々も、今となってはいい思い出、印象深い思い出になった。すっかりエグミが抜けて、いい味を醸し出している。まるで古酒のように……。

◇ここで、ちょっと長めの寄り道

B中学校に勤務していた頃、以前から飼いたかった海水魚を、自分へのご褒美として飼うことにした。ペットショップに行って、店長のおじさんからアドバイスをしてもらいながら、初心者用の機材を選んでいく。

60センチの水槽に照明器具、底面ろ過装置に上部ろ過装置、海水の素にカルキ抜き剤、バクテリア……。必要と言われた物を次々揃えた。テストフィッシュは、コバルトスズメとデバスズメ。予想はしていたけれど、一式全部買い揃えるとなると、かなりの出費になった。でも、お金を出す価値は確かにあった。ワクワク感も半端なかった。勧められた専門雑誌もついでに買って、基礎知識を蓄えることも忘れなかった。

しばらくして、水槽の海水の水質が安定してくると、時間を見つけてはペットショップに足しげく通うようになった。いつも店長のおじさんと雑談しながら、気に入った魚を何匹か見つけては買って帰った。やがて60センチの水槽だけでは物足りなくなった。より多くの魚を飼いたくなったからだ。

ある日、店長のおじさんに勧められて、もう1本90センチの水槽を買うことにした。今度は、オーバーフロータイプに仕立てる。だから魚を入れる水槽とろ過用の水槽が必要だった。それから、それを設置する台も。プラス、オゾン装置とUV装置と海水の冷却装置。本腰を入れて海水魚の飼育を始めた。これまた前回以上に大金が消えていった。

当初、海水魚の飼育に対して両親は反対だった。海水が漏れて床が傷むことばかり気にし

ていた。ところが、客人から、

「珍しいですね、海水魚ですか？」

と話題に上がると、まんざらでもない気分になったみたいで、いつしか文句を言わなくなった。客人から、

「いいですねえ。私も飼ってみたいのですが、飼育は大変でしょ？」

なんて言われると、飼ってもいない父が、率先して、

「いやー、そうでもないですよ」

なんてしたり顔で答えている。

「飼うのって、結構お金もかかるんじゃないんですか？」

「いやいや、大したことないですよ」

などと破顔一笑で答えている。いくらかかったか知らないくせして、現金なものだ。

オーバーフロータイプの大きな水槽の方は玄関ホールに設置していたから、ちょっとした水族館だった。


ある日、「歌って踊れる」保健の先生がうちに遊びに来た。私がペットショップから買ってきたばかりのエビを放流すると、物珍しそうに眺めていた。入れてきた海水と共に、ホワ

イトソックスが水槽へ……。細くて白い足をゴソゴソ動かしながら、敷き詰めたサンゴ砂の上にフワリと着地する。それをじっと眺めていた保健の先生。

「きれいな色のエビやねえ」

「うん、ホワイトソックス言うねんでー」

「そう。でも高かったん違うん？」

「うん、まあ、それなりにね。親からは『食える魚を飼え』って言われてるんやけど……」

「でも、それやったら、すし屋のいけすと同じやない」

「ほんま、ほんま」

そう言って笑い合った。水槽を見ると、さっき入れたエビはじっと静止している。

「えらいじっとしているエビやねぇー」

「水槽の環境に慣れてへんからね」

「ほんまー。そしたら、そのうち動く？」

「動くと思うで……」

根気よく水槽を見つめ続ける。

「動かへんねえー」

「うん、おかしいなあー」

「このエビって、死んだふりするんと違う？」

「そうかなあー？　でも、ペットショップのおじさん、そんなこと言うてへんかったでー」

「ほんまー。でも、死んだふり上手や」

「ほんまやなー」

そう言いながら、水槽のエビに視線を戻す。時間の経過とともに、嫌な予感が肥大化していく。気になるから、水中のエビを菜箸でつついてみた。エビは抵抗もなく砂の上でコロリと横たわった。

「これって、死んだふりじゃなくて、ほんまに死んどったん？」

「どうやら、そうみたい」

「冗談かと思って見てたけど、違ってたんや」

「ガックリやわ。エビには悪いこと、してしもたー」

ワーワー言い合ってると、母がひょっこりやってきた。

「どうしたん？」

「買ってきたエビが、いきなり死んでん」

「もったいないなー。それならクルマエビの方が良かったのに。こんなちっこいエビ、食べるとこ、あらへんがな。今度、買って来るんやったらイセエビかクルマエビにしてなー……」

食堂で注文するかのように、言い捨てて母は去っていく。

「それ一理あるかも……」

同僚はこちらの気持ちも知らずに、ひとり爆笑していた。何と言っても「他人（ひと）の不幸は蜜の味」。

飼育に失敗はつきものだった。そうかと言って、命を粗末に考えているわけじゃない。勉強不足だった私は、死んだエビには、本当に申し訳ないことをしたと思っていた。深く反省をした。

後日、ペットショップのおじさんにこの話を報告してアドバイスを求めた。塩分濃度の差によるショック死ではないかと即答された。魚以上に、甲殻類はデリケートな生き物だったのだと初めて知った次第だ。だから遅ればせながらもう一度、専門書を読み返して、知識をつめ込み、リベンジするぞと心に誓った。

それからしばらくして、エビの飼育に再挑戦した。今度は慎重に慎重に移し替えた。だから今度は大丈夫だった。念願のエビの飼育が始まる。

ある日、家に帰るとなぜか母が嬉しそうにしていた。

「エビ、2匹になっとーでー。子ども産んだみたいやでー」

「ええー、うっそー!!!」

慌てて水槽の前へ。サンゴ砂の上に、同じ大きさのエビが2匹。でも、エビの子どもってこんな形だったっけ？　しばらく観察していたら、一体はエビの抜け殻だと判明した。つまり、エビが脱皮していただけの話だった。まさに分身の術。素晴らしくきれいな形で脱皮していたから、母にはもう1匹のエビに見えたのであろう。

「なあなあ、エビ2匹になっとーやろ？」

ニコニコして母がやってきた。

「そう言いたいとこやけど……。これ、エビの脱皮やでー」

「なんや、これ脱皮？　増えたんと違うん？」

「残念ですが、増えてませ～ん」

「それにして上手やなあー、脱皮。てっきり2匹になったと、喜んでいたのになぁ」

母は食べられるわけでもないのに、なぜかひとり落胆していた。一体何を期待していたのだろうか。私はエビが脱皮したことだけで十分だった。

翌朝、水槽の前にまたもや母がぼ～っと立っていた。

「何、しとん？」

「エビが減ったなーって思って……」

「へっ、減ってる?」

「ほら」

水槽の中を指差した。そこにはエビが1匹。

「なんやー、脱皮した皮を魚かエビか食べたん違うん。皮がなくなっただけやでー」

「なんや、そういうことか」

安堵したように母が笑う。

「ほら、よう見てみー」

今度は私が水槽を指差す。そしてじっとエビを見る。何かがおかしい。もう一度じっとよく見ると、目の前にいたのは、生きているエビの方ではなくて、エビの抜け殻の方だった。じゃあ、生きているエビはどこ? くまなく探してみたものの、水槽にエビの姿はなかった。

諦めきれなかった私は、休日を丸々使って水槽の中のサンゴの置物をどかし、大掛かりな捜索を開始した。しかし、いくら捜しても見つからない。

気になって気になって仕方がなかったから、その翌日、ペットショップに出かけた。まずは店長のおじさんに事情説明。

「話は分かりましたよ。今、水槽には何が入っていますかねえ?」

「えっと、コバルトスズメでしょ。デバスズメでしょ。ブルーパウダーフィッシュでしょ。ベニゴンベでしょ……」

「えっ、ベニゴンベ？　ベニゴンベ、おったんやー」

「えっ、ベニゴンベが何か？」

「ベニゴンベの好物、エビやねん」

「えええええー」

「ごめん、うっかりしてたわ」

「つまりベニゴンベがエビを食べてもたっていうこと？」

「そういうことや」

私はえらく高いエサ代を魚に払ったことになる。ガックリして帰宅すると、眼鏡をかけたような模様が入ったすっとぼけた顔のベニゴンベが、胸びれをエッサホッサ動かして、サンゴの置物の間を泳いでいる。

「こら、お前がエビ食べたんか？」

恨めしそうに見つめていると、知らん顔してサンゴの陰へ雲隠れ。変な魚……。魚のくせして泳ぐのがとても下手だった。そう、私とどこか似ている。そこが気に入ってこの水槽にわざわざ招き入れたのだが……。体の色はきれいなくせして、風貌はどこか冴えなくて滑稽だった。

再びベニゴンベが体を揺らし目の前に登場する。

「お前、エビ好きやったんか……」

「それが何か?」

そう言いたげそうな顔。

「顔に似合わず、美食家やったんやなー」

魚に話しかける。

「何か問題でも……」

そんな顔をしていた。少なくとも私には、そう思えた。ゆらゆらと体をくゆらせ、素知らぬ振りして通り過ぎてゆく。憎めないやつ、ベニゴンベ……。

こうして今回も、とんだ失敗続きで勉強代が高くついた。まずは亡くなったエビの冥福を祈りたい。十分楽しませてもらったからありがとうと。もちろん連日、親からは冷たい視線が送られてくる。皮肉つきで。でも気にしない、気にしない。

5．新天地へ

B中学校から、C特別支援学校に異動した。今度は窓の外に地下鉄の線路が見える学校だった。地下鉄なのに、区間の一部だけ車両は地上を走っていた。電車好きの生徒にはたまらない学校、パラダイスだった。

着任すると、顔見知りの先生の姿が何人か見えた。その中には腐れ縁がたなびいている先生の姿も。私もず太くなったらしい。新しい職場環境には、すぐ慣れた。それは特別支援学校だからかもしれないが、自分の職場という意識がどこか私の中にあった。

ただ悲しいかな、今までの無理が祟ったようで、着任したその年の秋、体に異常が見つかった。そのため1ヶ月余り病欠を取った。病名は卵巣嚢腫。万が一のことも考えて、急きょ身の回りの物を整理した。保険証書や預金通帳をひとまとめにし、子どもにいくら残せるか、計算もした。幸い手術後に組織検査をすると良性だった。やれやれだった。もう少し生きられそうだった。

さてこの頃はまだ、この学校は高等部だけの学校だった。だから、進路学習には力を入れていた。現場実習という期間には校内も含め、企業や福祉法人の施設、福祉工場や市の施設に出向いて体験実習を行った。

ある食品工場に行った時は、機械にマヨネーズの容器をセッティングする作業をした。一日中立ちっ放しの仕事だったから、すぐに膝と足の裏が痛くなった。また靴底の加工をする工場に行った時は、バリ取り作業でニッパーをずっと握っていたら、手がだるくなって自分の握力のなさを痛感する羽目に。

田園の中にある自然教育園という市立の施設では、草抜きなどの農作業をした。日焼け止めを塗り忘れていた私は、一週間で農婦のようなたくましい顔になった。そしてある福祉法人の施設に行った時は、大小さまざまな箱折りの作業に挑戦した。利用者さんは、プロのような早業で箱を折っていた。どうあがいても太刀打ちできない手際の良さ。あまりに無駄のない手の動きに思わず見とれてしまった私だった。

またそれとは別に、校内や近くのイベント広場で、販売活動をおこなうこともあった。ビラを配り、自分たちが作った農作物や焼き物などの製品を販売する学習だった。

たくさんの生徒の中には、ビラ配りを得意とする生徒もいた。特に声をかけるわけでもなく、通りすがりの人に笑顔でビラを差し出す。すると、

「かなんなー、そんな顔で渡されると、受け取らなあかんような気になるわー」

そう言って通行人はすんなりビラを受け取った。

「ありがとう」

なんてお礼まで言って。

「また後で買いに来るから……」

優しいひとことを言い添えて去っていった。ほのぼのとした優しさが、残り香のように漂っている。見ているこちらまでなぜか幸せな気分になった。無垢な笑顔は、どんな言葉より強いということだろう。そういえば「和顔施（わげんせ）」という仏教用語もあったっけ。


そのかたわらで、友だちと競い合ってビラ配りをしている生徒も。また販売促進に貢献している生徒もいた。

「なあ、おばちゃん。新鮮な大根やでー。そこで売ってるんやでー。1本どう？」とか、

「安いで、安いでー。お得やでー」とか、

「早よせな、売り切れるでー」とか。

ビックリするような口説き文句で、押しまくる。誰が教えたわけでもないのに……。買い物に行った時、売り子さんの言葉を聞き覚えてきたのだろうが、その熱心さには驚かされた。

この学校でも、個性的な生徒がたくさんいた。だから笑えるような出来事も、心温まるような出来事もたくさん生まれた。その反面、就労の厳しさや難しさに自分の無力さを痛感した。

結局この学校には、前任校同様の8年在籍した。その間に私は実家から独立して、今の家に移り住んだ。狭いながらも楽しい我が家だ。念願の親子水入らずの生活が始まった。上の子がもうすぐ高2で、下の子がもうすぐ高校に入学という頃のことだ。ここまでたどり着くのになんと14年もかかってしまった。子どもとの約束があったからだが、それにしても長かった。やっと自分たちのことは自分たちで決められる自由を手に入れた。

ただ、両親とは転居前、すごく揉めた。私がいれば何かと便利だったからだ。実家での来客の食事の準備や接待は、私の仕事だった。それに将来は自分たちの介護、看取り、墓守りを私に担わそうと考えていたこともあったからだ。

こうして険悪なムードのまま、実家を出て、スープが少し冷める近距離に新居を構えた。といっても中古物件。実家から歩いて15分ぐらいのところにあった。将来、私が親の介護のことも考えて選んだ結果だった。しかし怒った両親は、この家に来ることはなかった。教え子の家のワンコが実家に来るまでは。

このあたりのことは話せば長くなるので省略するが、C特別支援学校の教え子の家のワンコを引き取ることになった。そして、このワンコが取り持つ縁で、両親と私は仲直りすることができた次第だ。めでたし、めでたし。持つべきものはワンコ、そして教え子だ。人生、どこでどうつながっていくのか分からない。それがまたおもしろい。ワンコとは不思議とご縁があるようだ。自分の干支が戌のせいだろうか。

◇ここで、ちょっと寄り道

Ｂ中学校で勤務している時に始めた海水魚の飼育も、Ｃ特別支援学校に着任した頃にはペットショップのおじさんとマニアックな話ができるまでになった。ある日、店内の水槽の中を専門雑誌に載っていた白い水玉模様の魚が泳いでいた。

「この魚、ひょっとしたらこの間見つかった新種？」

「よく知ってるねえ。マンジュウイシモチと同じテンジクダイの仲間なんやけどね」

「じゃあ、飼いやすいですよね？」

「飼いやすいと思うよ。値段も手ごろやし，飼ってみる？　名前はプテラポゴン・カウデルニィ」

「せっかくだから飼ってみようかな……」

「口の中で卵を育てる魚やから、うまくいけば、そんなのが見られるかもしれへんでー」

「おもしろそうやから、試しに飼ってみるわ」

「ただオスとメスがよく分からへんから、その点だけが問題なんやけど……」

「それじゃあ、何匹かまとめて買います」

「うまくペアになるといいんやけど……」

「分かりました。運試しに飼ってみますわ」

そんな具合で、何匹か元気そうな個体を選び、買って帰った。

この頃はまだ実家で居候をしていた。

海水魚を飼い始めた頃は、何度も大きな失敗をやらかした。昇天した魚やエビたちは、「冗談じゃない、なんでこんな形で死ななあかんねん」と恨んだことだろう。関西弁で喋ったかどうかは分からないが、……。それでも最近は失敗することがぐっと減った。

ある日、新参者のプテラポゴン・カウデルニィを見ていたら、いつもと様子が違うように感じた。口をわずかに開け、時々モゴモゴやっている。注視すると、口の中にまあるい何かが入っていた。オスの口の中は卵でいっぱいだった。

だから喜び勇んで、ペットショップの店長に報告しに行った。すると「是非見たい」と店長。後日、日程調整をしようという話になった。大満足で帰宅した。

ちょうどその頃、私は不正出血が2ヶ月も続いていた。不安になり病院で検査をしたら卵巣嚢腫だと判明。入院して、手術をすることを強く勧められた。よりにもよってなんで、このタイミング……。結局、ペットショップの店長を自宅へ招くことなく、入院して、手術を受けた。

退院して帰宅すると、例の魚の口の中は空っぽだった。どうやら卵を食べてしまったらしい。予想していたとはいえ、本当にガックリだった。

実は、卵がかえった後のことも考えて、事前にガンガゼというウニの取り寄せをペットショップの店長に頼んでいたからだ。稚魚のシェルターになると聞いていたからだが、ガンガゼの入荷は予定よりかなり遅れていた。

そうこうしているうちに二回目の托卵。術後、しばらくしてからのことだ。ところが、ガンガゼの入荷はまだで、いつになるのかさえ分からないという。困ったなーと嘆いていたら、先に肝心の魚が昇天してしまった。またもや予定外の展開。皮肉にも魚が死んだら、ガンガゼが入荷した。特注でお願いしてあったから、いまさら要らないとは言えない。言葉につまりながら、仕方なく買って持ち帰った。

さて、ガンガゼは毒針を持ったウニだったから沖縄では取扱注意の危険生物だった。ただ水槽の中の魚には害はないと聞いていた。家(うち)に来たウニには申し訳ないが、本来の目的を失った今となっては、私の中でガンガゼは厄介者に近かった。正直なところ、飼育するのは気が重かった。しかし、身近で観察する分にはおもしろかった。

そんなウニの周りをフラフラとベニゴンベがよく泳いでいた。

ある日、帰宅して水槽を見ると、サンゴ砂の上にいがぐりのような物が落ちていた。「なんだ？」と思ってよく見ると、あのガンガゼの亡骸だった。中身はしっかり食べられている。「誰が食べたんだ」と思って魚の動きを見ていたら、ベニゴンベがフラフラとやってきた。ウニの亡骸近くに着地する。「お前が食べたんか？」という目で見ていたら、水槽の中のサンゴの陰に隠れた。

真相は今も闇の中だ。でも私は、ベニゴンベが限りなく黒に近いとにらんでいる。そうすると危険生物のガンガゼよりも最強なのは、とぼけた顔のベニゴンベで、一番間抜けだったのは私だった、ってことになる。トホホである。

実家から今の家に引っ越してから、私は、海水魚の飼育をやめた。というより余裕がなくなって、できなくなった。しかし、カラの水槽が歴史遺産のようにリビングに今もでかい顔をして残っている。クスッと笑える思い出と情けない思い出を閉じ込めたままに……。

6．再び中学校へ、そして初任校へ

C特別支援学校からD中学校へ異動した。今度はB中学校の時とは違い、ふたりの教師でそれぞれの特別支援学級を受け持つことになっていた。障害種別で学級設置できたからだ。特別支援学級が2学級あるということだ。といっても、B中学校の時より生徒数は少ない。**2**学級合わせても**5**人だ。B中学校の時はひとりで**7**人を担当していたから、えらい違いだ。もっとも、B中学校の時も、校長が「うん」と言えば2学級設置することは可能だった。要は管理職次第。

ところで私が担当した生徒は、1年目が2人、2年目も2人、3年目は3人、そして4年目は**1**人だった。しかし人数が少なくても、各々の生徒は多くの課題を抱えていた。家庭内暴力、ネグレクト、不登校、諸費の未払い、ヤングケアラー、障害のある保護者、ゲーム依存、家庭環境の問題などなど。社会問題のるつぼのような状態だった。

中には早朝の6時過ぎ、学校の前で車から子どもを下ろして立ち去る親もいた。しかも事前に連絡なしでだ。だから出迎える教師はいない。車道にうずくまり、車に轢かれそうにな

っているところを助けたのは、早朝練習に来ていた部活の生徒。学校から突然連絡が入り、慌てて出勤したら、助けた生徒から、

「お前、担任やろ。何とかしてやれ。あいつ死ぬとこやったぞー」

と叱られた。でも「ありがとう」と言ったきり返す言葉もない私だった。

登校したＫ君の顔を洗い、自費で朝食を食べさせ、そのＫ君を連れて、Ｙさん宅へお迎えに行く日々だった。また放課後は会議中に「暴れているから来て」とＹさん宅から電話が入ることもあった。


それらの問題を突き崩すための突破口になったのは、意外にも書道だった。書道を通して生徒が大きく変わったからだ。字を書くのが苦手なＹさん、字が書けないＫ君に画仙紙の下に手本を敷き、声をかけるやり方で書道を教えた。すると、手本の線を手掛かりにして、のびやかで元気な線で字を書いた。堂々とした大きな漢字ひと文字。それは邪心のない、造形的におもしろい文字だった。

そして、それを最初に高く評価してくれたのは音楽の教師だった。やがて波紋が広がるように、作品は他の教師や生徒から「芸術的！」だとか「勢いのある線」だとか評価されるようになっていった。すると生徒の顔つきが変わった。自己肯定感が芽生え、表現する楽しさ

に目覚めたせいか、いきいきとした表情になった。

Yさんは顔を上げて歩くようになったし、自分の思いを伝えたり、K君に声かけをしたりするなど前向きな行動も出てきた。またK君はK君でお茶目な面を見せるようになったし、何より、集団行動が取れるようになったのは大きな成長だった。

私は、生徒の作品をパネル仕立てにしたり、掛け軸風に仕立てたりして芸術家が書いたような作品に仕立てた。すると外部の人からも評価を受けるようになった。すると、生徒の親が次第に変わり始めた。自分たちの子どもに付加価値を見いだしたのだろう。あんなに頭が痛かった諸費の未払い問題も不登校問題も家庭内暴力の問題も、そしてネグレクトの問題も、徐々に解決するに至った。


こうして3年目に突入した。Mさんが入学してきて生徒は3人へ。これで一息つけるかと思いきや、今度はヤングケアラーの問題、親の障害の問題、ゲーム依存、再び不登校、諸費の未払い問題、衛生問題など振り出しに戻ってしまった。

またもやK君とYさんを連れて、朝一はMさん宅を家庭訪問する日々に。今回も何から手をつけたらいいのか、迷うくらい課題は山積していた。またまた四苦八苦しながら解決の糸口をさぐり始めた。今回はMさんとの雑談の中から突破口を見つけた。

ある日、Mさんから、小学校の申し送り事項には出てこなかった、別れた父親の存在を教えてもらった。しかもMさん宅からほど近い場所に住居があった。さっそくMさんを伴い父親宅を訪問。得意の「当たって砕けろ」式で、直談判となる。協力を依頼すると、意外にもあっさり了承されて一件落着。そして、この父親との関係がもろもろの問題を解決していく大きな力となった。

親の承諾を得て私が母親の代わりにMさんの衣類を買ったり、病院へ連れて行ったり、提出書類を書いたりするようになった。Mさんとの心の距離がどんどん縮まっていく。徐々に出席日数が増え始め、ゆっくり変わっていくMさん。

気がつけば一年が過ぎていた。K君とYさんは卒業して、4年目に突入する。

Mさんだけのひとり学級。サクサクと動ける分だけ、Mさん宅とMさんの父親宅への訪問回数がますます増えていった。その中で山積した課題の改善を図った。やがてMさんは登校するのが当たり前になった。ゲーム依存の方もゲームを健康的に楽しめるまで回復した。といっても、問題は一進一退の状態だったから、気長に対応することが何より大事だった。

時には管理職と対峙しながら、Mさんの問題解決に奔走することもあった。特別支援教育が大嫌いと公言していたからだが、

「あんたが嫌いなわけじゃない」

とも言われた。しかし、仕事がやりにくいのには変わりない。Mさん宅に家庭訪問に行くだけで嫌味を言われたから、今まで居心地が良かった職場が、いきなり居心地の悪い職場に様変わりした。Mさんが卒業するまであと2年。精神的にもつだろうか。

最初は、自分で自分を鼓舞すれば何とかなると思っていた。それが夏休みを迎えるあたりからだんだん気持ちが揺れ始め、秋が終わる頃にはこのままじゃ自分が壊れると危惧するまでになった。だから、これからのことを冷静に考えなければと思うようになった。

ふと四面楚歌で始まったB中学校のことを思い出した。でもあの頃、私は若かった。何といっても30代。無茶をしても少し休めば、ある程度回復できた。しかし今は50歳が目前だ。明らかにその頃とは違っている。体が気持ちについていかなくなっている。これが老化というものか。情けないが、これが現実だ。

もちろん生徒はかわいいし、自分の子どももかわいい。そして自分もかわいい。あれこれ思い悩んだのも事実だが、それでも心に区切りをつけて、次の学校へ異動することにした。管理職に異動希望を出すと、「はい、そうですか」と実にあっさり受理された。心残りがないといえばうそになるけれど……。在籍期間4年。今までと比べて格段に短い在籍期間になった。

春になり校内で異動教職員の発表があった。名簿の一覧に管理職の名前もあった。「うそー」「まさか」「なんでー」「なんじゃこりゃ」である。先は読めないものだとつくづく思う。人生は、そもそもそんなものなのかもしれないが……。

さて、今度の勤務先はA特別支援学校。20年ぶりに初任校へと舞い戻ることになった。因縁、良縁、腐れ縁？　よほどこの学校と縁があるのだろう。一瞬、赤い糸が透けて見えたような気がした。

◇ここで、ちょっと寄り道

いつの時代も「調理実習」と聞くだけで目を輝かす生徒は多いもので、かつての私もそうだった。「食べられる」と思うだけで幸せな気分になるものだ。そして、それは今も昔も同じだった。中学校でも、特別支援学校でも、通常（普通）学級でも、特別支援学級でも共通していた。たとえ教育環境が違っていても、発達段階が違っていても、家庭環境が違っていても、年齢が違っていても、生徒はみんな大喜びをした。

B中学校にいた頃、1週間かけて特別支援学級の生徒とクッキー作りをしたことがあった。販売が目的ではない。いつも世話になっている交流学級の生徒と先生にお礼をしようと思って立てた企画だった。

なお、ここで言う交流学級というのは、特別支援学級の生徒が一緒に授業に参加する通常（普通）学級のことで、一緒に授業を受けることを交流学習と呼んでいた。

当時、生徒は7人。だから7クラス分のクッキーを焼いた。プラス自分たちが家に持ち帰る分も焼いたから、焼く分量はかなりの量になった。しかも、関わってもらう生徒や教師は交流学級以外にもいたから、結果として二学年の生徒数＋教師数＋特別支援学級生の持ち帰り分＋他の教職員分になった。つまり大量のクッキーを焼く必要があったわけだ。

そんなわけで特定期間、特別支援学級はクッキー工場と化し、連日おいしそうな匂いを撒きちらした。期間中は、1時間目から6時間まで作業学習という名目でクッキー作りをしていたので、最初はもたもたしていた生徒たちも、繰り返しやっていると、手際も段取りも徐々に良くなり、自然に自分たちで考えて動くようになっていった。それと同時におどおどしていた顔が、いつしか自信溢れる顔へと変わっていった。

また、クッキーに添えるカードもみんなで手作りした。文字が書ける生徒は筆記担当、絵が描ける生徒はイラスト担当、そのどちらでもない生徒は台紙作りと装飾作りを担当した。手分けして次々同じようなカードを作っていった。

クッキーが焼き上がってラッピングできると、そのカードを添えて配って歩くのだが、1年間の感謝の気持ちを込めて手渡しすると、「ありがとう」の言葉と笑顔が返ってきた。この「ありがとう」は、生徒にとって魔法の言葉だった。

その言葉をもらうのがただただ嬉しくて、「また来年もしたい」と生徒たちは要求してきた。だから、いつしかクッキー作りとカード作りは毎年3学期の恒例行事になった。

「うまかったでー。また作ってなー」

そのひとことがこの取り組みの励みになっていた。


ある時、下校したはずのAさんが息せき切って教室に戻ってきたことがある。いつになく顔が赤らんでいる。その日はクッキー配りをした日だった。

「どうしたん？　何があったん？」

怪訝そうな顔で私が訊くと、

「あのなー、○○君が睨んどってん」

「何か言われたんかー？」

「うん、『××』って名前呼ばれたから、ドキドキしてん。そしたらなー。『うまかった』って言われてん……」

「良かったやん」

「うん、『またクッキー食わしてなー』って。『ありがとう』って、言うてくれた」

「そうかー」

「○○君、今まで怖いと思ってたんやけど、ほんまは優しかってんなーって思ってん……。『ありがとう』って言いたくて、私のこと待っててくれてたんやって……」

「そうか、ええヤツやってんなー」

「うん、嬉しかってん。先生、また一緒にクッキー作ろな」

言いたいことを全部吐き出すと、Aさんは晴れ晴れとした顔で去っていった。いつもクッキーの威力は絶大だった。私を含め、どうも人は食べ物に弱いらしい。


だから、D中学校でも同じ取り組みをした。といってもクッキー作りではない。今度はおかず、家族に食べてもらうためのおかず作りをしたのだ。

対象はYさん。家庭訪問した折に親の承諾を取り、材料費は全て保護者持ちとし、予算の上限も決めていた。まずは失敗の少ない野菜炒めから始め、次に野菜の煮びたし、味噌汁、おでん、豚汁、肉じゃが……とふたりで相談しながらメニューは決めていった。

最初の頃は、見映えよりも味つけにこだわって調理した。だから料理の途中で何度も味見をした。

「どう美味しい？」

「うん、美味しい」

「じゃあ、合格だね」

互いに顔を見合わせてニッコリ。

「みんな喜んで食べてくれるかなー？」

それでも少し不安そうなYさん。

「大丈夫や、冷めんうちに持って帰り」

「うん、分かった」

料理を入れた鍋にラップをかけ紙袋に入れる。そして身支度を整え、学校カバンと紙袋を持ってバタバタと帰っていく。さてさて、家族の反応やいかに……。

翌朝、晴れやかな顔で登校してきたYさん。教室に着くなり、嬉しそうに昨夜の家族の反応を話し始める。

「『美味しいなー』って、お母さんに言われた。『あんた料理、上手やん』って褒められたで」

「ほな、またおかず作る？」

「うん、作る、作る」

Yさんの顔がいつにも増して輝いていた。

しばらくすると、「明日は何、作る?」とYさんから訊ねてくるようになった。そして調理中は、「次はこの野菜、どう切ったらええのん?」などと自分から訊いてくるようになった。

だから、そんな姿を見るのが私の楽しみの一つになった。

おかず作りは週に2、3回の割合で実施していたが、不思議なもので、一つのことに自信が持てるようになると、別のことでもいい影響が出始めた。まず教室での発言が増えた。次に、歌声を披露できるまでになった。ただ、一定の条件があった。Yさんは慣れた場所でしか喋らなかったし、歌声も私以外、誰も聞いたことがなかったのだ。

ある日、Yさんとワイワイ言いながら、おかず作りをしていたら、美味しそうな匂いに誘われて、部活途中の生徒がふらりと教室にやってきたことがある。B中学校で草木染めの作業をしていた時と同じで、匂いの宣伝効果は抜群だった。ちなみに草木染めとは花や草木の根や樹皮、葉などを煮出した汁で毛糸や絹、木綿などを染める染色の一種で、ぱっと見は調理実習と実によく似ていた。特に大鍋で毛糸を染めていると、ラーメンを作っていると勘違いする生徒が続出した。つまり、呼びもしない生徒までやってきたということだ。

ある日の放課後、合唱コンクールに向けてYさんとふたりで特訓をしていた。交流学級でクラスの一員として参加する予定だったからだ。学年の課題曲と自由曲を交互に練習する。「翼をください」の曲の「この大空に……」のところを歌っていたら、急に教室のドアがガラガラと音をたてて開いた。

「ええっ」と思って振り向いたら、H先生だった。

「ブラボー、ブラボー」

そう言って拍手をしながら教室の真ん中まで入ってこられた。

「誰かと思ったら、このおふたりでしたか」

「お恥ずかしい限りで……」

私が照れ笑いをしていると、横でYさんはもじもじしている。

「ふたりともいい声ですね。Yさんの声、初めて聞きましたよ」

そう言って嬉しそうな顔のH先生。

「良かったなー。声、聞こえたって」

私がYさんを見ると、恥ずかしそうに微笑んでいる。でも、まんざらでもなさそうな顔。

「じゃあ頑張って……」

手を振ってH先生は出ていったけれども、その言葉はふたりの心に余韻となって響き続けていたから、さきほどよりも張り切って声を出した。

また別の日、この日もふたりで歌の練習をしていた。すると、教室のドアが静かに開いた。ドアの向こうにYさんの交流学級の生徒がひとり、ふたり、三人立っていた。「ええっ」と驚いた顔が三つ。

「先生、Yさんってきれいな声なんやねぇー。初めて聞いた」

「そうやろ、ええ声やろ。一緒に練習する？」

「するする!!」

ということで、一緒に練習することになった。最初は口パクで誤魔化していたYさん。しかし時間がたつにつれて緊張がほぐれ、吐息のようなかすかな声で歌い始めた。みんなの熱気に後押しされて声が形になっていく。徐々に大きくなっていった。

下校時、交流学級の生徒たちは、Yさんの歌声を初めて聞いたとうれしそうに話していた。それはまるで天然記念物にでも出会ったような喜びようだったから笑ってしまった。また、Yさんも友だちがいなくなってから、一緒に歌って楽しかったとはにかみながら伝えにきた。

これら一つ一つの出来事は、どれも取るに足らない小さなものばかりだった。でも、そんな積み上げが壁を乗り越えるきっかけを作ってくれた。「歌が好きで良かったなー」「料理が得意で良かったなー」「書道を習っていて良かったなー」生まれて初めてそう思えた私だった。少し救われた気がしていた。

7．初心に返る、初任校アゲイン

デジタル化の時代、アナログ人間の私は戸惑うことが多かった。初任校のA特別支援学校に20年ぶりに戻ると、パソコンの時代に突入していた。完全に出遅れている私。

それに20年ぶりに戻った学校は、学校名は一緒でも、随分前に設置場所が変わっていたから、全く別の学校になっていた。私が以前いた頃はこぢんまりしていた学校だった。でも今や生徒数は倍以上になっている。と同時に教職員数も倍増していた。それに加えて児童・生徒の発達段階は以前とは比べものにならないくらい幅の広いものになっていて、普通に会話のやり取りができたり、冗談が言えたりする生徒の多さに驚いたものだ。

取り扱う教材もレベルも私が知っている時とは雲泥の差だった。教え方も指導の時の言葉がけも同様だった。それはどちらかといえば、中学校の特別支援学級に近かった。

また事務処理の仕方も全く違っていた。アナログ的なものから、デジタル的なものへとシフトしていたのだ。だから、いの一番に困ったのはパソコン操作だった。なぜなら、私はパソコンが扱えなかったからだ。これまでは時代遅れのワープロで文字を打っていた人間だ。
水泳で落ちこぼれたように、またここへきてパソコンで落ちこぼれになってしまった。情けない。それでも、これではいけないと思いつつも、まだふんぎりがつかない私。周りの人に訊きながら、何とかしようと最後の抵抗を試みていた。でもあっと言う間に限界がきた。諦めの悪い私もさすがに覚悟を決め、清水の舞台から飛び降りた。母が通っていたパソコン教室に週一回通い始めたのだ。

ワード、エクセル、パワーポイント。基礎的なことは一通り習った。けれど、スポンジが水を吸い取るようにはいかない。ワードをやっていると、エクセルのことが頭から抜け出して、エクセルのことをやっていると今度はパワーポイントのことが抜け落ちた。つまりは堂々巡り……。悲しいほど操作手順を忘れ、自分の記憶力の悪さに意気消沈。

だからパソコンの先生はいつも神に見え、使用テキストは私のお守りになった。いつも操作に行き詰まるとパソコンの先生に泣きつき、わけの分からない表示が出るとまた泣きついた。拝むように教えを乞う私……。おかげで、何とか職場で仕事がこなせるまでになった。

この学校に着任した時、職員室を見渡すと知った顔がたくさんあった。初任校で同期だった先生もいれば、全市の中学校の組織で一緒に仕事をした仲間もいたし、B中学校で同僚だった先生もいた。C特別支援学校でお世話になった先生もいれば、○○先生や××先生のお友だち、あるいはそのパートナーといった先生もいたから、人間関係の相関図を見るようでおもしろかったし、どこでどう人とつながるか分からないものだと感慨深かった。ちょうどドラマの伏線みたいだった。

後年、D中学校でやりあった相手のパートナーが異動してきた時も、何たる皮肉とひとり苦笑いしていた。また定年間際には、元連れ合いと名前の漢字が一文字だけ違う先生が異動してきて驚いた。図らずも△△先生と、忘れかけていた名前を連呼する羽目になった。名前を呼ぶたびに古傷がチクチクと痛んだ。なんでいつもこうなるのだろう。どうもおかしな具合だった。

ここでも、「ホウ（報告）レン（連絡）ソウ（相談）」が抜けてトラブルになり、すったもんだの騒動になった。歴史は繰り返すとは言うものの、あまりに度重なると嫌になる。何とも罪深いことだと私は思っているけれども、気にしない人は全く気にしない。きっとお互いの尺度が違うのだろう。

そして、ここでも救いの神はほのぼのとした雰囲気の生徒たちだった。

〇〇フェスティバルという学校イベントの日、B中学校で教えた生徒が遠路はるばるやってきたことがある。

「オバちゃん、元気か？」

背後から聞き覚えのある声がして、慌てて振り返ると、がっしりした体つきの青年が立っていた。日焼けした元気そうな顔。

「ええっ、なんでA君、ここにおるん？」

「オバちゃんが寂しがっとーかなと思って」

「コレ、オバちゃんはやめてよ。言うんやったら『マダ先生』やろ」

「ついつい言うてしまうわー。ごめんごめん」

「まあええけどなー。A君、元気そうやな」

「うん、元気やで。こっちの方にはちょこちょこ来るねん」

「ところで、今日は彼女は？」

「いやー、別れたとこやー」

「なんやー、また振られたんかー」

遠慮なしの言葉が飛び交う。楽しい時間はあっと言う間に過ぎていく。

「ほな、オレ、ぼちぼち行くわ」

「今日はありがとう。またおいで」

「ごめん。オレ、そんなに暇ちゃうでー」

青年になった悪ガキは、手を振って去っていった。

そして、「暇ちゃうでー」と言いながら、翌年もその翌年もやってきた。おもしろいものだ。教師をしているといろいろな出会いがある。

また別の日、A特別支援学校で創立記念の式典があった。姉妹校から生徒会長と先生がやって来るという。式典の会場は体育館だった。

受け持ちのクラスの後ろにぼんやりして並んでいたら、不意に声がかかった。「へっ、私？」と思って振り向くと、見慣れた顔があった。

「お久しぶりです」

「ええー!?　なんでMさん、ここにおるん？」

D中学校で教えた生徒だった。相変わらずふっくらとした顔。雰囲気も変わっていない。

「なんでって、私、生徒会長してるんやでー」

「ええーっ、ほんまー？」

面食らっている私を尻目に、堰を切ったように話し始めるMさん。その後ろから見知らぬ教師の顔。

「マダ先生ですよね。はじめまして。生徒会の係をしてます××です。Mさんから、よくお噂は聞いてます」

大慌てでこちらもお辞儀をする。

「今日は先生に会えるって、すごく楽しみにしてたんですよ」

Mさんが私の横腹を指でツンツン突ついた。

「これこれ……」

たしなめると、抱きついてきた。

「だって、会いたかってんもん」

クラスの生徒が私たちの姿を物珍しそうに見ている。

「先生も、ずっと気になっていたんや。Mさんから『卒業するまで一緒におって』って頼まれたのに、転勤したやろ。ごめんなー」

「でも、卒業式の日、来てくれたやん」

私がすまなさそうにしていると、

「あのなー、ノマケンもケンちゃんも……」

会えなかった時間を取り戻すかのように、話し続けるMさん。

「ぼちぼち生徒会長の仕事やでー」

付き添いの先生が見かねて声をかけた。

「ほな、仕事してくるわー。緊張するー」

「ファイト‼」

ガッツポーズをして送り出す私。

Mさんは祝辞をそつなくこなして、自校へ帰っていった。私は嬉しい気持ちと誇らしい気持ちが胸に溢れてしばらく体が火照っていた。教師をやっていて良かったと思った出来事のひとつだ。


思えば、今までいろいろなことがあった。たくさんの人と出会ってきた。馬が合う人、合わない人。今日までつながっている人、一期一会の人。楽しい思い出ばかりではないけれども、その時、その時、たくさんのことを学んできたように思う。

教員採用試験を受けた時、特別支援教育に携わるなんてこれっぽっちも思ってもいなかった。けれど、何かの手違いのようにこの道に入ってしまった私は、時には壊れかけのファスナーのように、にっちもさっちもいかなくなった時期もあった。中学校の美術教師に戻りたいと願った時期もあったし、腹が立つこと、情けないこと、呪ったこと、諦めたこと、これまた盛りだくさんにいろいろあった。自分の思いどおりにいかないことも多かった。結果的に、特別支援教育一筋になってしまった。

運命？　それとも、めぐりあわせ？　はたまた番狂わせ？

よく分からないうちに50代も半ばを過ぎた。このまま何事もなく定年が迎えられると私は単純に思っていた。定年後は自由な世界が待っていると。やりたいことはたくさんあった。夢がどんどん膨らんでいく。明るい未来を期待していた。

◇ここで、ちょっと寄り道

子どもの頃から予期せぬことが、たびたび起きる私だった。それは、体についても同じだった。

小5で虫垂炎を患い、手術した。結婚してからは流産も経験したし、離婚後は足の親指に脂肪腫ができて切開手術もした。卵巣嚢腫の手術も、アキレス腱にできた骨棘（こつきょく）の手術もあった。生徒と触れ合う中で、むち打ちも経験したし、足首や腰を痛めるアクシデントもあった。

考えればいろいろ無茶もした。不規則な生活ばかりだった。そのせいでストレスが溜まり過ぎて、胃潰瘍になり、過敏性腸症候群になり、自律神経失調症なんかもお馴染みさんになってしまった。

でも、ダントツに悩まされてきたのは虫歯だった。歯磨きをしてもしなくても、よく虫歯になった。歯石を取らずに放置したまま仕事を優先していたら、歯周病になってしまった。おまけに歯医者が苦手ときているから、もう少し、もう少しと先のばしにしているうちに歯茎が腫れあがることも、しょっちゅうだった。

また歯肉の膿を抜いてもらうのに、診察台の上で痛くてのけ反った思い出もある。12月なのに汗が背中を流れ落ちたっけ、タラリタラリと……。ガマの油のように。

そして「弱り目に祟り目」。

いつも体の弱いところが真っ先に悲鳴を上げた。言わば、過労のバロメーター。50代の前半は、主に口内炎と歯肉炎がその重責を担っていた。だから、我が家の冷蔵庫の中には豆腐、プリン、ヨーグルト……といった歯に優しい食べ物ばかりがズラリと並んでいた。

ある時、どうにもこうにも我慢できないほど歯肉が腫れあがってしまった。炎症は喉の奥まで広がり、首のリンパ腺も熱を帯びていた。ヨーグルトを飲み込むだけで涙目になる。鎮痛剤を服用しても頭がズキズキする真夏の昼下がり。

歯医者が苦手な私も、さすがにまずいと気がついた。しかし馴染みの歯科クリニックはもう閉まっている。しかも今日は土曜日。どうする、どうする……。

大慌てでネット検索をかける。土曜日の午後も診察しているところで、予約なしでも診てくれるところで、評判のいいところ……。条件をつけて候補をふるい落としていく。S駅のクリニックで、さらに絞り込む。そして見つけた。地域密着型で即対応してくれそうなクリニック。早速、電話をかける。

「もひもひ、○○クリニックでしょうか？　しょひん（初診）ですが、今日診てもらうことって、でひますか？」

痛みでうまく喋れない。電話の相手から、どんな具合ですかと問われたので、かくかくしかじかと、痛みと格闘しながら説明した。

「それは大変ですねえ。今はおうちですか？」

気の毒そうな女性の声。

「ひゅう（急）にひゅっても（行っても）、絶対無理ですひょねえ？」

藁にもすがる思いで訊いてみる。

「13時から14時の間に、こちらに来ることはできますか？」

「ふぁい（はい）らいじょふ（大丈夫）です」

「では、健康保険証を持ってお越しください」

天にも昇るような思いで、電話を切った。私はハンカチでくるんだ保冷剤を頬っぺたにギュッと押し当て、大急ぎで身支度を整えて出かけた。

バスと電車を乗り継ぎ、13時40分クリニック到着。恐る恐るドアを開ける。

受付の女性と目が合った。

「先ほど、れんわ（電話）した者でふ」

「さあ、どうぞ」

診察室のドアを押し開け、ブースで仕切られた一角に通された。診察台に座る。どうも教員試験の時よりドキドキする。

「緊張してますー？」

「ふぁい」

マスクをした歯医者さんと目が合った。

「では、口を開けてください……」

顔をゆがめて口を開ける。どんな治療が始まるのだろう。口腔のチェックに始まり、麻酔、応急処置と進んでいく。歯科医療機器の音が恐怖を煽る。ウインウイン、シューシュー、ガラゴロガラゴロ……。

ドクターの声が上から聞こえた。

「歯周病がひどいですよ。歯石が溜まっていて、奥歯のあたりは歯槽膿漏。歯茎からの出血もひどい。それから虫歯も……。歯周ポケット、深いですねえ。歯茎の腫れは……」

はやい話が、私の歯と歯茎は非常にまずい段階にあるということだった。予想はしていたものの、ズバリ言われるとため息しか出てこない。後悔先に立たず……。

結局、応急処置とレントゲン検査と一部だけ歯石取りをしてもらって、診察時間は約1時間。予想をはるかに超えた丁寧な対応。歯医者さんと歯科衛生士さんが神様と仏様に見えた私だ。会計をすませ、何度もお礼を言ってペコペコとおじぎをしてドアをしめた。

こうして、この歯科クリニックとのおつき合いが始まった。

2回目に行った時は、歯科衛生士さんが小一時間かけて、歯石を丁寧に取ってくれた。

「下の奥歯とその隣の歯、歯周ポケットが、とっても深いですねえ。右も左も……」

「そんなに深いんですか？」

「はい、10ミリです」

定規の目盛りがまぶたに浮かぶ。

「じゃあ、普通は……」

「2ミリです」

「えっ、2ミリ……」

ヒエ～と、のけ反りそうになった。

「あのー、歯のケアをしたら、この数値は良くなりますよねえ」

期待を込めて訊ねる。

「残念ながら……」

困ったような、呆れたような笑顔。

「どんなに頑張っても……」

「はい……」

その答えを聞いて、絶望感に打ちひしがれた。「時すでに遅し」ということだ。

歯科衛生士さんが歯周ポケットと食べかすについての話を始めた。頭に紅白の玉入れ合戦の様子が思い浮かんだ。かごにポイポイ入っていく紅白の玉。食事をするたび、食べかすがどんどん歯周ポケットに溜まっていく、そんなアニメーションが脳裏で流れていた。

今、歯石取りをしてもらった歯の根元が自己主張するかのように疼いている。

「ケアはしっかりやってください。体が疲れると、歯茎が腫れると思います。その時は電話してください」

歯科衛生士さんはどこまでも親切だった。

そして的確だった。後日、言われたとおりのことが起きた。

過労になるたび、右、左、右、右……と、ダンスのステップよろしく奥歯の歯茎がSOSを発信した。そのたびに、仕事や介護や裁判等のスケジュールを調整し、時間を作って治療を受けた。取りあえず、自転車操業で乗り切った。歯に関しては……。

しかし、私の体はポンコツだった。不具合が起きるのは、歯に限ったことではなかった。日替わりメニューよろしく腰に出たり、歯に出たり、耳に出たり、目に出たり……。体じゅうに警報装置を設置しているようなものだった。もちろん設置費用は無料。24時間使い放題。警告音は鳴らないけれど、行動を自粛するには十分過ぎるほどの抑止力があった。しかも夕ダだから、大いに活用した。

ところで最近、考え方を大きく変えた。以前は「為せば成る。為さねばならぬ……」を信条としていたが、それをやめた。別に努力することをやめたわけではないが、「時には諦めも大事」という考え方を取り入れたのだ。

というのも、努力しても、気を遣っても、頑張っても、無理しても報われないことが、最近あまりに多かったからだ。自滅しないための方向転換、私なりの自衛策。そう言ってもいいかもしれない。遅ればせながら、自分自身を大切にしようと心に決めた私だった。

第三章　親の介護、終活、相続狂騒曲

1．殿と姫の自宅介護

ここで家族の話をしよう。

私の両親は、どういうわけか近所の人からの受けが良かった。娘の私は、「ほんまかいな？」とよく思ったものだ。自分が知っている親の姿と、近所の人が評価する親の姿があまりにかけ離れていたからだ。それは親戚から言われる親の評価も同じだった。

私の父は、外見にこだわるタイプだった。金銭的、時間的に余裕ができると、服装やら持ち物やら車にお金を使った。それに対して母は外見は気にしないが、世間の評価は気にするタイプだった。お洒落にも持ち物にも無頓着だったというのに。

そして容姿も、父は身長が高くスリム体型なのに、母は背が低く洋ナシ体型だった。だから、やはりこちらの方も評価されるのは父の方だった。でも、父は文章を書くのが大の苦手だった。

ならば喋くりはというと、ふたりはちょぼちょぼだった。家の外では父は、よく冗談を言い、朗らかに喋ったから、娘の私が言うのも変だが女性から人気があった。そして母は、下町のおばちゃんの気さくさと明るさを持ち合わせていて、天真爛漫な笑い声で人を煙に巻いていた。それゆえ、これまた「ほんまかいな？」と思うくらい好感度が高かった。ウソのような本当の話。

しかし、これは外野の評価。実態を知らない人の評価だった。私が見た評価とは大きく食い違っていた。

父は、自分より下だと思う人には、見下したかのような物言いをした。しかも、あしざまに。そして、母と私にも……。「子どものくせに」「女のくせに」「何も知らんくせして」と私はよく言われた。また汗をかかずに物事を処理するのが賢いやり方だと捉えている人だった。私に対してはいつも高圧的な態度だった。そして話し言葉の中には、いたわりも謙虚さも感謝もユーモアもなかった。

一方、母は「分かんない」「できない」「無理」「全部やって」が口癖で、依存的なところがすごく強かった。それは私に対してもだ。親である立場を使って仕事を押しつけてきたし、何かあると、開き直った。

ひとことで言えば、父は「言うことを黙って聞け」の殿様タイプ、母は「誰か何とかしてたもれ」の姫君タイプだった。だから、父が言うことは絶対で、家の中で父が「白」と言えば、「黒」も「白」に変わった。そして、その父の威光を笠に着るのが母だった。陰では父のことを悪く言っておきながら、何かあるとすぐ父の陰に隠れ、父を頼っていた。

なぜか私は、殿と姫の間に生まれたのに身分は足軽だった。評価もされなかった。実家から独立しても、それは変わらなかった。

その結果、認知症になった親の介護も実家の片付けも裁判も、私ひとりで担うことになった。それがしごく当然だと両親は思っていたようだ。

ところで、私には3歳違いの妹がいる。父の秘蔵っ子ともいえる妹だ。本人は否定するだろうが、父の扱いは子どもの頃から私とは大きく違っていた。母の目にもそう見えていたということだから、まんざら私の思い込みではないだろう。孫娘の扱いに近かったように思う。

そのため、妹は実家へ遊びに来るだけで父は笑顔になり、お礼を言っていた。それは、私には見せない笑顔であり、私には言わない感謝の言葉であり、それは介護が始まってからも同じだった。介護のしんどさよりも、この父の態度の差にずっと私は苦しんできた。親とはこんなものだろうか。

さて私の場合、親の介護は処方薬の飲み忘れを発見したところから始まった。よくあるパターンだ。でも当事者になると、思考回路が一旦停止した。覚悟を決めるのに時間がかかった。

認知症の介護については初心者マークの私に戦い開始のゴングが鳴った。

私はほぼ毎日、実家に通うようになった。一つのことが気になり出すと、次から次へと気になり出してしまったからだ。実家にあるサイドボードの引き出しや戸棚の扉を開けて回った。そして見てはいけないもの、見つけてはいけないものを見つけてしまった。

(見てしまったのですね)

耳元で誰かにささやかれたような気がした。見てはいけないと思いつつ、ついつい怖いもの見たさで扉を開けてしまった。毎日がホラー映画だ。

「見なけりゃ良かった……」

いつも後悔するのに、しばらくするとまた開けてしまう私でもあった。これは本能なのだろうか、それとも好奇心。いずれにしても、見ないわけにはいかない私だった。

実家の状態は、白アリと雨水に蝕まれた家によく似ていた。外観的には異常はないし、住んでいる住人も「大丈夫」と思っているけれど、足を踏み入れた調査員はすぐに気づく。ゆらゆらと家全体が揺れていることを……。

テレビ番組のテーマソングが流れる。あっ、「大改造!!劇的ビフォーアフター」だ。そうすると、さしずめ私は1級建築士?

嫁のあら探しをする姑のように、私は実家の建物と両親ふたりをくまなくチェックした。開封されずに積み重ねられた郵便物。賞味期限切れの食品。消費期限切れの食品。扉が閉まらないサイドボード。鍵のかからない玄関ドア。音の出ないオーディオ。テレビ台3台が洋室を占領し、見るだけで咳き込みそうになる降り積もった埃の山。巻いた絨毯の中からはネズミの屍。

見れば見るほど、知れば知るほど、頭がクラクラしてきた。巨大ハンマーで思いっきり殴られた時のようだった。現実逃避したい気持ちがムクムクと成長していく。

どこ吹く風でテレビに見入っているのんきな両親。

私の苦悩など知ったこっちゃない。頭の中でひとり二役の内部葛藤が始まった。

(どうする? 仕事あるでー)

(でも、つきのばしには、できひんやろー)

(でも、できるかー?)

（するしかないやん！）

（そやけどー……）

どうしても踏ん切りがつかない。しかし突然思い出した、父の口癖を。

「子どもは困ったら、ええねん。苦しんだら、ええねん」

これまで父が私だけに投げかけてきた呪いの言葉だ。

（やっぱり逃げたらあかん。もし逃げたら、関係ない私の子どもに迷惑をかける……）

迷いながらも、どこか腹が据わっていく私だった。

両親を観察する。父はテレビの前からほとんど動かない見事なまでの不健康生活。歩き方は超小股の摺り足で、ロボットのアシモ君よりバランス感覚が悪い。見ているこちらがハラハラして倒れそうになりそうだった。しかも、腕の動かし方や指先の使い方もぎこちない。「運動しないとこうなる、体を使わないとこうなる」の見本のような父の姿だった。

次は母だ。以前より、さらにいい加減さと猥雑さに磨きをかけていた。わけの分からないものをわけの分からないところにしまっていた。お菓子のかごから化粧石鹸、和ダンスの着物の間からは塗りのお盆。

引き出しの中は、どこもかしこも分類もされず、いろんな物がギュウギュウに詰め込まれていた。これでは、要るものが出てこないだろうし、どこにしまったかも分からない。ラップもアルミホイルも、キッチンペーパーもポケットティッシュも、マッチ箱もテレフォンカードも、あっちこっちからたくさん出てきた。芋掘りや潮干狩りなら、大喜びするところだろうが、この場合、喜んでなんかいられない。

押し入れを開けると、間違って購入した使いもしない粉石鹸の大きな段ボール箱がド～ン。どこの押し入れからも大量に出てくる布団、座布団、シーツにバスタオル。タオルにハンカチ。旅館でも経営する気だろうか。わけが分からない。

実家まるごとパンドラの箱のテーマパークに様変わりしていた。年中無休、入場は無料だ。暇つぶしにはもってこいの場所だが、私には遊んでいる余裕などない。副業のように毎日、実家に立ち寄り、整理整頓をする。

私が引き出しなどを開けて、ワーワー言っていると、決まって父からクレームが飛んでくる。

「おい、うるさいやないか。テレビの音が聞こえへんやろー!!」

迷惑そうな顔でこちらを睨んでくる。こちらも睨み返しながら、言いたいことは山ほどあった。

（誰のためにやってると思ってるねん！）

ぼやいていると、頭の中に流れてくる一曲。

♬わかってくれとは言わないが、そんなに俺が悪いのか……♬

私の心情にピッタリの歌詞のところだけ、壊れたCDのように何度もリフレインした。

だから、心の中でひとりマイクを握りしめて歌っていた。

87歳のヨレヨレになった殿様と、81歳のくたびれ果てた姫君と、自称足軽57歳。ストレス満載の暗夜行路の旅に出る。ドラマの主人公は私で、脚本によって、雰囲気の違うドラマに仕上がるもよう。しかしいつも内容は同じ。仕事と介護と親の終活の超ドタバタ活劇。日によって抱腹絶倒の笑えるショートコントもあれば、ハラハラドキドキのサスペンスもあって、クイズ番組のような知恵比べコーナーもある。何でもありの生放送。何が起こるか分からない。

まず第1話は、介護の基本、介護申請。といっても「申請します」「はい、分かりました」とすんなり親が応じるわけもないから、私は策を練る必要があった。そして、編み出した一本釣り方式。父と母と別々に話をして了承を取りつけることにした。

まずは殿様タイプの父へ。

「最近、ばあちゃん……」

思いっきり母をくさしてから、話を進めていく。母の介護申請をしたいが……と協力を仰ぐ。「まあ、よかろう」とあっさり承諾。私の手の平の上で転がされる父だった。

（お主もなかなかの悪やの〜）

時代劇のワンシーンが頭に浮かんだ。

次に姫君タイプの母。こちらも同じ手口で誘導していく。

「ほな、別にええで〜」

母もあっさり陥落。

（お主もなかなかの悪やの〜）

またもや、あの時代劇のワンシーン。小悪党になった私は、思わずVサイン。

そして第2話は認定調査。こちらの方も本などから得た情報を生かし、実情を調査員にしっかり伝えて無事終了。

第3話は、ケアマネージャーの選定と契約。こちらもトントン拍子で、無事終了。

そして迎えたドラマの山場、第4話はヘルパーさんの導入。ここでしくじると、今までの努力が全て水の泡になる、ここぞという大一番。立ちはだかる敵は、殿である父。他人を家の中に入れるのを非常に嫌っていたからだ。

事前に知恵を絞り、再び策を練る。たどり着いた一つの作戦。それは男性のヘルパーさんを依頼すること、気に入らなければ変更できる選択権があること。何度もアピールして、新しく息子ができるようなものだと誘い水を撒く。そして、最後のワードはお金と損得勘定。「損」という言葉にめっぽう弱い両親だったからだ。ふたりして株や投資信託をやっていたから、弱いところをこちょこちょとくすぐってみる。

「介護保険料、払ってるのに使わな損やで」と焚きつけて、

「もったいないでー」をしつこいくらい連呼する。耳にタコができるくらいに。すると効果てきめん。

「じゃあ使うわー」と小声で渋々承諾。

（お主もなかなかの悪よの〜）

またもや私は悪代官になる。空想の中でひとりカンラカラカラと高笑いする。

こうして始まった、ヘルパー利用。感じのいいヘルパーさんがやってきた。父も母もいたく気に入り、息子ができたように喜んだ。そして、訪問日を心待ちにするようになった。

ただ、一つだけ気がかりがあった。それは母が、娘の私に言うべきことを言わずに、何でもかんでも、ヘルパーさんに頼っていたことだ。気づけば私ひとり、蚊帳の外にポイッと放り出されていた。こうして情報は全てヘルパーさんからの伝え聞きばかりになった。私の複

雑な気持ち、悔しさと侘しさと情けなさと……分かってもらえるだろうか。

台風の被害を受けた時は雨戸が破損したことも、それを修理する必要があることも、修理してほしいという依頼も、全部ヘルパーさんからの伝え聞きだった。涙が出るほど虚しかったし、私の存在ってなんだろうと真剣に悩んだものだ。


ヘルパーさんの導入と前後して、デイサービスの利用も開始した。こちらが第5話。ふたりして送迎車に乗り込み、トレーニングへ。こちらも順調そのものだった。

やれやれ軌道に乗ったとほっとしていたら、突然、母のご乱心。ヒステリーを起こしていた。

「私ばっかり、じいちゃんの介護してるんやでー。私ばっかりしんどい思いして……」

そう言ってイラついていた。といっても、母は身を粉にして介護しているわけではない。忍耐力と持続力に欠ける姫君なる母は、言いたいことを言った。(困るなー、もう……)

その頃父は、昼間、貪るように睡眠を取っていた。母は起こさない。当然、夜間の眠りは浅くなる。暇つぶしにトイレへ行く。その回数11～13回。母はそれに付き添うわけではないけれど、ゆっくり眠れないことが不満だった。(だから姫は困るなー)

仕方がないので、ケアマネさんに事情を言って、父のショートステイを急遽入れてもらう。

取りあえず、お試しで……。これが第6話。やれやれこれで一件落着と思って出勤していたら、突然携帯が鳴った。

　そしてここからは番外編。ケアマネさんからの電話から始まる。何でも、母が直接施設へ電話を入れ、ショートステイをキャンセルしたという。誰にも相談せずに……。それを聞いた私、正直「何すんねん」と腹が立っていた。しかもキャンセルした理由というのが、「夜ひとりで寝るのが寂しいから」というから、開いた口が塞がらない。全く母の思考回路が理解できない私だった。

　父がいたらいたで、いなければいないで文句を言う母。いつも通り、仕事帰りに実家に立ち寄り、ひとこと、物申す。

「何が、『夜が寂しいねん』や。ばあちゃんがしんどい、しんどい言うて、文句言うから、無理をお願いして予約取ってもろたのに……。誰、勝手にショートステイ、キャンセルしたの。何考えとん、勝手なことばかり言って……」

　腹が立つとどんどん早口になり、声がでかくなった。きっと仕事の疲れと介護の疲れで、そうなったのだろう。母は自分のしんどさばかり主張する。私のしんどさなどお構いなしだ。

　目をむいて母を睨む。

「だって、寂しいもん……」

しおらしい声でポツリと言う。ああ言えば、こう言う。こう言えば、ああ言う。変幻自在の母の言葉にいつも振り回されるのは私で、その結果へとへとになるのも私だった。「何もしなくていいから、余計なことを母がしませんように」と強く願うも、神様は耳が遠いのか、なかなか聞いてもらえない。

だからホッとする時間、一息つく時間が欲しかった。心の余裕に飢えていた。いつもそれは、手の届きそうで届かないところにぶら下がっていて「あともう少し」と手を伸ばしたとたん、プルプルと携帯の呼び出し音が鳴って、私の楽しみを奪っていった。そんなしんどい毎日だった。

さて、お試しのショートステイは後日無事すませることができた。でも、家庭内での事故やトラブルは一向に収まる気配はなかった。その背後に毎回見え隠れするのは母の姿。それでも何とかしようと徐々に父のショートステイの日にちを延ばし、利用回数を増やし、在宅介護でやれる手立てはいろいろ打ってはみたけれど、もう限界だと感じた。だが、両親にその自覚はない。私ひとり気を揉んでいた。だから、ひそかに施設入所に向けての資料集めを開始した。

こうして、いつ親に施設入所という印籠を渡すかという第**7**話。これまた大きな山場になっていた。まずはケアマネさんとヘルパーさんに相談する。ふたりとも「在宅介護はもう限界だ」という意見だった。そして同時に指摘された。「このままじゃ、介護者である娘さんが潰れてしまう」と。私だって同じことを感じていた。死んでしまったら元も子もない。でも実行するのはなかなか難しい。次のステップへ進めようとする時は、特にだ。

のほほんといつもどおりテレビを見ている両親。さりげなく声をかける。

「あのさー、じいちゃんとばあちゃんに話があるんやけど……」

「なんやー、何の話や？」

ぶっきらぼうに父が答える。

「ここのところ、じいちゃん転倒して怪我続きやん。前歯折って、両手の親指も折って、転倒して後頭部打って、側頭部打って、顔面から突っ込んで擦り傷とたんこぶ作って、整形外科でレントゲン撮ってもらって、ＭＲＩ撮ってもらって……。そのたびにケアマネさんとヘルパーさんに無理をお願いして付き添ってもらって……。もう自宅で暮らすのは限界やと、私は思うねんけど」

「大丈夫や」考える余地なし、と即答する父。

「じゃあ、じいちゃん。夜間にじいちゃんが倒れたり、具合が悪くなった時、どうする？ばあちゃん、震災（阪神・淡路大震災）の時、パニックになってんでー。そうなったら、電話一本かけられへんと思うけど、それでええんやなー。救急車も呼ばれへんでー。それで死んでも後悔はないねんなー。その覚悟はあるねんなー？」

「それは、ちょっと……」

父が珍しく口籠った。今度は母の顔を見て、

「なあ、ばあちゃん。ばあちゃんがもし夜間に具合が悪くなったら、どうする？　じいちゃん、電話かけられへんでー。助かるもんも、助からへんけど、それでもええ？　ある日、私がここへ来たら、ふたりとも亡くなっているなんてこともあるんやけど……」

「そんなん、嫌や。私はまだ死にとうない」

と真顔になる母。その横で父が小声でつぶやく、ボソボソと。

「まだ死にとうはないけど、施設はなー……」

煮え切らないまま、その日は終わった。

結局、これ以上言っても無駄だと判断した私は、後日、ケアマネさんとヘルパーさんにも同席してもらい、最後のひと押しをすることにした。

そして迎えた決戦日。ケアマネさんとヘルパーさんの口添えはやはり最強だった。介護のプロの意見を聞くと、思っていたよりずっと簡単に両親は施設入所を快諾した。これでまた難関突破。

次は施設入所に向けて本格的に準備開始。施設見学と資料集めに奔走する。まずインターネットで検索をかけ、施設の「重要事項説明書」を印刷し、ファイリング。次に、ここぞと思うところへは両親を伴い見学へ。また、私ひとりで出かけていって施設長と面談する、などなど。

さて、施設に入所するにあたって、母から出された要求は7つ。①今まで行っていたパソコン教室に通えるところで、②父と同室で過ごせて、③父と一緒に食事ができて、④入所者がハイソサエティでなくて、⑤父の介護にノータッチでいられて、⑥ひとりで自由に外出できて、⑦足の便がいいところ。

言う方はいたって気楽に言うが、これを探し出すこちらは大変だった。条件の一つ一つはクリアできても、これだけ条件が揃うと、施設候補はあれよあれよというううちに消去されていく。

おまけに両親は、施設から断られる条件を二つも持っていた。一つは父の11～13回もある夜間排泄。もう一つは事故を誘発する母の行動。施設長直々に「受け入れは不可」と言われたこともあったくらいだから、とても頭が痛かった。

その結果、残った施設は一つ、たった一つだけになった。選択の余地などない。両親にこんこんと言い聞かせ何とか了承を取りつけて、一件落着。……のはずだった。

◇ここで、ちょっと寄り道

父も母も、少しへそ曲がりなところがあった。昔から長年連れ添っているから似てきたのか、たまたまふたりともよく似た性格だったのか、自分で「する」と言いながら「しない」で、「しない」と言いながら「する」ことが多かった。

以前、実家の大きな石の灯篭が倒壊したことがある。阪神・淡路大震災の時のことだ。

「灯篭はそのままにしておくか、撤去して」

と父に注文をつけ、

「また地震が来たら危ないから……」

と念押しした。すると父は、

「分かってる」

とテレビを見ながら、ワンパターーンの返答。

ある日、庭を見ると、ないはずの灯篭がド～ンと胸を張って復活していた。あの「分かってる」は、どういう意味だったのだろう。目が点になった。

同じく庭の端にあった温室も、

「これ、壊れてるから、撤去するねん。植木屋さんに頼むねん」

父は声高々にいつもいつもそう言っていた。私と母の前で……。で、結局何もせずに20年近く放置して、何もせずに父はあの世に旅立っていった。あの言葉は何だったのだろうか。ホラ吹き男爵の父だった。

父が亡くなってから植木屋さんと話をする機会があった。

「毎年、『撤去して』とお父さんには言われるんやけど、『ほな撤去します』と言うたら、『やっぱり残しといてー』って言われて、結局、撤去できひんかったんやー」

苦笑いしながら種明かしをしてくれた。どこまでも優柔不断な父だった。

そう言えば、和室の一角もそうだった。

押し入れとは別に観音開きの場所があった。

「ここは将来、ワシらの仏壇を入れるんやから、お前の絵なんか絶対入れるな!!」

と、父は何度も私に同じことを言ってきた。あまりにしつこいから、むかついた。

ある日、好奇心から、その中を覗いてみた。すると、その中には父が買った複製画やら版画やら亀のはく製やらが、所狭しと詰め込まれ、仏壇を入れる余裕どころか、座布団1枚入れるスペースもなくなっていた。どこが仏壇入れるや。有言不実行は父の専売特許になった。

そして母も、その専売特許を同じく取得している人物だった。

私が母に「なあ、分かった？」と訊くと、必ず「分かった」と答え、「〜したら、あかんでー」と念押しすると、「絶対せえへん」と機嫌よく答えた。しかし、守ったためしがない。

ある夏の日。実家に立ち寄り、リビングに入ると、やけに蒸し暑かった。エアコンはついているのに……。

「ばあちゃん、暑ない？」

「暑ない。ちゃんとエアコンついてるでー」

自信満々に母は答えた。確かにエアコンはついている。でも何かがおかしい。

「ばあちゃん、何度に設定してるん？　えっ、28℃……。悪いけど26℃にしてもええ？」

そう言って了解を取り、リモコン操作する。でもやっぱり何かがおかしい。全く冷気を感じない。リモコンの表示を見ると、冷房ではなく暖房になっていた。

「何やっとん!!　暖房やでー」

「大丈夫、暑ないから……」

そういう問題じゃない。

「こんなんしとったら、熱中症になるでー」

半ばあきれ顔で、母に注意する。

「ほな、冷房にしとって……」

何事もなかったように、しゃあしゃあと答える母。高齢者が熱中症で亡くなったニュースを見ながら……。心配この上ない。再度注意する。

「絶対リモコン触ったらあかんでー」

「分かってるって。リモコン、触らへん」

そう言い切る母だった。でも、この言葉に何度騙されてきたことか。念のため、私はリモコンの電池を全部はずして、見えにくいところにそっと隠した。これで一安心……のはずだった。

ところが、何日かして実家に行くと、リビングも寝室も完全にエアコンが止まっていた。蒸し風呂のような室内。

「どうしたん？　エアコン止まってるで……」

両親はテレビを見ている。やっぱり今日も馬耳東風。気にも留めていない。

「ちょっと、ちょっと、エアコンいつから止まってるねん？」

「さあ、いつからかいなー？」

とぼけたような返事をする母。父は返事すらしない。これはいつもの光景。

私は内心、エアコンが壊れたと焦っていた。大慌てでリモコンに電池を戻し、電源を入れてみる。うんともすんとも言わない。新しい電池に取り換えて、再度電源を入れてみる。やっぱり動かない。はてさて困ったものだと、エアコンの室内機をじっと見る。どうやら壊れてしまったらしい。恨めしそうに眺めていたら、あることに気がついた。エアコンの横に尻尾のようなものがぶらん、ぶらん……。

プラグがコンセントから外れていた。腕組みをして、母の顔を覗き込む。こんなことをやりそうなのは母だった。

「ばあちゃん、何かコンセントから抜いた？」

「えっ、そんなん知らんでー」

「そんなことないやろー？」

「じいちゃん、ちゃうかなー？」

しらを切り通す母。

なんでじいちゃんやねん。歩行がおぼつかなくて、家の中でも車いすを使用している人間が、脚立を使うなんて、できっこない。

「ばあちゃん、じいちゃん、脚立に乗れる？」

「無理かなー」

「そうやんなー。あんな高いとこ、脚立なしでは無理やんな～」

チラッと母を見る。キョロキョロして、目を合わさない母。

「この家は、ばあちゃんとじいちゃん、ふたりで生活しているやんな～。そしたら2引く1で、ばあちゃんしか残らへんねんけど……」

「でも私、触ってないでー」

「じゃあ、なんでこんなことになってるん？」

「さあな～。なんでやろー」

笑顔で、切り抜けようとする母。

「じゃあ泥棒でも入って、お金も取らず、ご丁寧にエアコンのプラグだけ抜いて、帰っていったって？　そんな奇特な泥棒はおらんやろー」

「ほな、私がしたん？」

「他に誰がいる？」

結局、いつもこういうやり取りになる。

「早よ死にたいってことやったら、お好きにどうぞ」

突き放すように私が言い放つと、

「気、つけるわ。もう触らへん」

そう断言する母だった。でも私は懐疑的。絶対信じない。母の黒歴史が私をそんな人間に変えていた。
何も手伝わなくていい、要らんことせんとって……。今日もまた同じことを強く願う私だった。

2．殿と姫の施設入所

いろいろあったが、無事両親は介護付き有料老人ホームに入居した。でも、引っかかるのは母の行動だった。何もなければいいのだけれど……。ひとまず自宅にいる時よりも、まだましだと自分に言い聞かせた。

父と母は別々の部屋だった。でも、隣り合わせの部屋だったから、辛うじて母の要望は満たしたことになる。施設に入所する日は私も両親に同行し、母の部屋のチェストに衣類を入れるのを手伝った。

すると、母の衣類の中から大枚が……。「なんじゃ、こりゃ」である。油断も隙もあったもんじゃない。お金の持ち込みはご遠慮願いたいと施設から、あれほど言われていたのに。施設の受け入れ係と相談して、毎週少額のお小遣いを私が持って行くことで納得していたはずではなかったか。何かと問題を起こす母だった。前途多難を予感して、背中がゾワゾワしてきた。

さて、新型コロナウイルスが流行するまでは、親の居室に入るのは自由だった。だから母の行動が不安な私は、お小遣いを届けるたびに狭い部屋の中をくまなくチェックしてまわった。冷蔵庫の中には新品のストローの大袋が入っていて、飲み残したジュースの容器は外に放置され……。相変わらずのとんちんかんだった。

そして、あんなにこだわっていたパソコン教室は、いきなりひとり勝手にやめてきた。「ベランダには出ないでください」と言われていたのに、「洗濯物を干すのはベランダに限る」なんて言って勝手に出ているし、自室まで父の車いすを押していくとヘルパーさんに宣言しておきながら、放置して自分だけ部屋に戻っているし……。言い出したらきりがない。どこへ行ってもマイルールでマイペースの母だった。

そして父は、食事以外には無関心で、相変わらずの意欲ゼロ。暇さえあればベッドで横になって寝ようとするし、指でボリボリそこらじゅう体を引っ掻いて傷を作りまくるし……、こちらはこちらで違った意味で大変だった。股間に手首を挟んで、体を一方に傾け、そのまま姿勢をキープする変な癖が抜けきらず、側彎症（そくわんしょう）まで招き入れた父だった。その上、体を使おうとしないから、足も腕も手首も指も、関節という関節の動きが悪くなって、可動域はますます狭くなり、できることがどんどん減っていった。認知症もどんどん進んでいく。止めるすべがない。

入所2年目を過ぎると、ろれつが回りにくくなった。父の頭の中から外孫の名前が消え、義弟の名前が消え、母の名前が消え、妹の名前が消え、内孫の名前が消えていった。なのに私の名前は最後まで消えずに残った。あんなに邪険に扱われていたというのに……。何とも不思議なことだった。父には口には出さないが、何か思いがあったのかもしれない。そう善意に解釈することにした私だった。

ところで、私は両親を施設に入れれば、もっと自由が得られると思い込んでいた。でも甘かった。

「お母様がすねて口をきいてくれません」

「気に障ったのか、お母様が話を聞いてくれません」

「お父様が、車いすからずり落ちました」

「微熱が続いているので念のため……」

「腹痛がひどいので病院へ……」

「入院することになりました……」

などなど、私がほっと一息ついている時に限って、施設から電話がかかってきた。話の内容を聞くと、その場にいなくても情景がパッと浮かぶ。「そうやろなー」「やっぱりなー」「またかいなー」と不謹慎にも笑ってしまう私がいた。

ぶっとんだ親を持つと、予期せぬことが次々と起こるもので、それは在宅介護でも、施設入所でも同じことだった。その回数が減ったとはいえ、長期間神経を張り詰めていると、ストレスは溜るし、気が滅入った。介護者は多少ちゃらんぽらんな方がいいのかもしれない。この齢（とし）になって初めて諦めるということの大事さに気づかされた。

◇ここで、ちょっと寄り道

父は楽をするのが好きだった。すぐ近くの場所に行くのにも車を使った。とにかく歩くのが嫌いだった。でもゴルフ場へ行くのは好きだった。どこがどう違うのか私には分からないが、基本的には歩くのを避けるタイプだった。それは介護生活になってからも同じだった。

ある日、歩くのが億劫になった父はリビングの床にゴロンと横になった。寝転がったまま起きる気配がない。母がしびれを切らして、

「何しと〜ん？　早よ起きんかー」

怒声を飛ばした。すると父はにやけた顔で、

「早よ、起こしてくれやー」

と甘えた声を出した。起きる気持ち、全くなし。

「何言うとん。自分で起きたらええやん！」

母はいつものように、口で何とかすまそうとする。ワンパターンの会話。

「早よ、起きんかー！」

「起こしてくれ」

「早よ、起きんかー！」

「起こしてくれ」

ふたりでしつこくやっている。いつまでたってもらちが明かない。

「ばあちゃん、起こしたったら、ええやん」

業を煮やした私が声をかける。

「だって、起こし方、分からへんもん」

母のいつもの言いぐさ。仕方がないので、

「こうやったら、ええやん」

そう言って、父を転がして横向きにさせ、ズボンの後ろ、ベルトのところをグワッシと掴

み、上体を支えながら、床に座らせた。「へ～」と言って、おもしろそうに見物している母。

「じいちゃん、早よ起き」

母が偉そうに声だけかける。

「嫌や、起こしてくれや－」

やる気のゼロの父はどこまでもやる気がない。だだをこねる幼児みたいだった。だんだん腹が立ってきた私は、「分かった」とひとこと言って、おもむろにベルトとズボンの後ろを掴み、ウリャーと気合を入れて父を釣り上げた。すると、

「何すんねん！　危ないやないか!!」

父は慌てて膝を立て、立ち上がった。

「なんやー、立てるんやんかー」

そう言って私はニヤリ。

どっちもどっちの両親だった。「割れ鍋にとじ蓋」。さて、父はどっちの方だろう。蓋だろうか、鍋だろうか。


その日も、勤務先を少しだけ早めに出て実家へ立ち寄る。ただいま時刻は夜の7時半。リビングにいるのは母だけで、父の姿はない。寝室ですでに眠っている。これまた、いつもの

こと。まず父と母の介護日誌をチェックする。ヘルパーさんからの伝言は特にない。それから、リビングに置かれた郵便物をチェックする。こちらも特に急ぎのものはない。腹の虫が鳴る。これまた、いつものこと。といっても、何が出てくるわけでもない。

普通こんな時間に娘が来たら、「まあ、こんなんしかないけど、あんたも空腹やろ。いつも、いろいろとすまんなー」なんて言いながら、何か食べるもの、つまめるものが出てくるやろー。それが出てこないのがこの家だった。

そんなことを恨みがましく思っていたら、なんと母がダイニングから器を持ってくるではないか。

「漬けもんやけど、良かったら、あんた食べ」

そう言って器を突き出した。初めて受ける母からの労い。いたく感動して受け取る。見れば、キュウリの漬物。山のように味の素が振ってある。「どんだけ振ってんねん」と思いながら、一つ摘まんで口に放り込む。うむ？　味がおかしい。慌てて吐き出す。

「これ、ばあちゃん、今日食べたん？」

「いいや、食べてへん」

「じいちゃんは？」

「食べてへん」

「これ、なんか味が変やでー」

かけていた眼鏡をテーブルに置き、漬物を凝視する。味の素だと思って見ていたものは、なんと白カビ。びっしり漬物を覆っていた。慌てて口を漱ぎに洗面所に走る。とんだ災難。

「ばあちゃん、この漬物腐ってるでー」

「ほんまー、ほな捨てよ」

そう言って母はあっさり漬物をゴミ箱に捨てた。

「あのなー、腐ったもん、出してくるのやめてんかー。私、ゴミ箱ちゃうねんから……。もうちょっとで飲み込むとこやったやんかー」

眉間にしわを寄せて抗議する。すると、

「大丈夫、死なへん」

ひとこと言って、寝室に消えていった母だった。

私のあの感動は何だったのだろうか。ひとり苦笑した。後にも先にも、私が労ってもらったのは、この一回ぽっきり……。そもそも、これって労い？ それとも罰ゲーム？

「割れ鍋にとじ蓋」。私の両親は「割れ鍋に割れ鍋」かもしれない。

鍋から発想がどんどん飛んでいく。そう言えば、我が家の冷蔵庫の冷凍庫にはカニが眠っていたっけ。やけにカニが気になる鍋奉行の私だった。

3．殿と姫の宿題（両親の終活）

私は大人になってから、事あるごとに同じことを父から言われた。**「子どもは困ったら、ええねん。苦しんだら、ええねん」**と。でも、それを言われるのは私だけ。妹には一切言わなかった。同じ娘だというのに……。

「なんで私だけ……」

そう思って、いつも悲しい気持ちで聞いていた。父は威厳を保ちたかったのかもしれないが、物も言いようがあるだろう。両親の介護を始めた時、真っ先に思い出したのは、この言葉だった。だから、教師としてフルタイムで働きながら、介護と親の終活が同時進行になった。

でも、父が協力するはずもないから、消去法で母を頼った。あまりに脆弱な協力者。ないよりましかと自分に言い聞かせる。

「ばあちゃん、通帳、全部持ってきて」

「えっ、全部って私の分も、かー？」

「そう全部」

そう言って待っていると、母が両手でわしづかみにして大量の通帳を持ってきた。「どんだけー」と叫びたくなる分量。しかも銀行の歴史をたどるような新旧の銀行名。「何じゃ、こりゃー」の世界がじゅうたんの上に広がった。まるでカルタ大会。

富士銀行、太陽神戸銀行、三和銀行、あさひ銀行、さくら銀行、りそな銀行、みなと銀行、みずほ銀行、三井住友銀行、ＪＡバンク、郵便局、ゆうちょ銀行。

ちょっとした貝合わせ。といっても平安貴族の優美な遊びではない。

「えっと、あさひ銀行は今、りそな銀行だっけ？　富士銀行は今……」

そんなことをブツブツ言いながら、地道な作業をする。母は横で物珍しそうに見ている。

「へえー、その銀行、前は〇〇銀行やったんー？」

そう言って見ているだけ。

「ところで、銀行印は全部ある？」

「うん、あるでー」

嬉しそうな表情で引っ込んだ母。これまた大量の印鑑を持って戻ってきた。

「どれが、どの銀行のもんなんか、全然分からへんけど……」

そう言って茶色のセカンドバッグから、サイズの違う印鑑ケースを取り出しては、ルンルンで床の上に並べていく。こちらも食品保存袋に何本かまとめて入れられた印鑑もあったから、これまた「なんじゃ、こりゃー」の世界だった。

「う～ん」と言ったきり、言葉が出てこない。

掃除機の電気コードがシュルシュルシュルシュルと音をたてて消えていくように私の意気込みもシュルシュルと消えていった。

「今日はもう帰るわ」

ボソボソとつぶやいてその日は退散した。実家を出ると大きなため息が出た。大航海時代のような気分にひたっていた。夜空の星が前途多難のネオンサインのように点滅していた。


次の日も、仕事帰りに実家に立ち寄って昨日の続き、銀行通帳と銀行印のマッチング。古い通帳が手掛かりをくれるとはいえ、中には分からないものも。

「ばあちゃん、これ、どの通帳のものか、分からへんかー？」

つい口走ってしまった私。

「え～っと……。え～っと、○○銀行のじいちゃんの……ちゃうかな？」

そう言うたびに、母の思考が一時停止する。

「たぶん、これ。これやったと思うけど……」

言いかけて、再び一時停止。

「ほんま～？」

しびれを切らして訊ねる私。

「たぶん……」

と言いかけて、またまた停止。

期待を込めて母の顔を見ると、

「やっぱり分からへん」

「つまり、全然分からんということ？」

「そ～ゆ～こと～!!」

おどけて見せる母。もうついていけない私。どうしようもなく癪に障ったからその日も退散した。

母なんかに訊くんじゃなかった、そう反省しながら。夜空には、煌々と輝く月。明日も仕事がある。ため息をつきながら歩いていたら、家に着いた。時計を見ると午前様だった。これまた、いつものこと。

毎日こんな調子だったから、両親の終活はなかなか進まなかった。１ヶ月で済むと思っていたのが２ヶ月になり、３ヶ月になり、半年になり、１年になって、２年たったけれども、まだまだやるべきことは山積みでいっぱい残っていた。

「どんだけ溜めてんねん!!」

「ええ加減にせい!!」

そう世界の中心で叫びたかった。実家に行くたび嫌悪感が募り、同じことばかり心で叫んでいた。両親の介護と親の終活で、ストレス銀行の口座残高は最高値を示していた。でも、まだまだ増えそうな予感……。

親の資産チェックとその整理は、これまたパンドラの箱だった。キャッシュカードにクレジットカード。暗証番号はハテナだらけで、家から2、3分のところにある○○銀行のATMは、カードを潰したまんまで使用不可だった。

わけの分からない意味のない保険契約が、これまたワンサカ。解約しようとしたら、手続き用紙の記入が面倒だと、丸投げする父だった。

「お前が書いとけ」とぬかしおる。

「記入がしんどいくらい、馬鹿みたいにたくさん契約を結んだのは、どこのどなたさん?」

そう嫌味を言うと、ブツブツ文句をたれて名前を書いていた。本当に困ったもんだ。

次に銀行口座。不要なものは整理して解約した。父をおだて、なだめ、励まし、褒めて、何とか最後まで解約手続の記入は終了した。本当に手がかかる人だ。

残るは投資関連と不動産売買と相続税対策。いよいよ私の未体験ゾーンへ。

投資をやったことのない人間が処理を担当する。なんと無謀な挑戦。株や投資信託やファンドラップで遊び倒した両親は、素知らぬ顔。


「自分のケツは自分で拭け」


そう言いたくなる私だった。

取りあえず、「使えるものは全部使う」を信条とし、やれるところから開始した。やれ恥だ、外聞だと格好をつけている場合じゃなかった。賢者にすがり、その道のプロに話を聞き、知らないことは教えてもらい、悩んだら相談し、アドバイスをもらい、知恵をもらって、ほふく前進。それでいくしか、手はなかった。親もきょうだいも全く当てにならない私の場合、他人に協力を仰ぐしか道はないと悟っていた。

小学校の後輩の税理士さん、不動産会社を起こした歳の離れた従兄、気心の知れた生命保険の担当者。この三賢人にその旨を伝え、協力を依頼した。そしてOKをもらった。それでも、未体験ゾーンは手強かった。何度投げ出そうとしたことか。嫌いな数学と英語と苦手な水泳を代わる代わるエンドレスに「やれ！」と言われた気分だった。私の脳みそが一斉に拒否反応を示した。熱が出そうだった。胃液を吐きそうだった。

たとえば、証券会社や銀行から送られてきた報告書。カタカナ表記の専門用語がズラリと並ぶ。読んでも読んでも、チンプンカンプン。早くも敵前逃亡したくなった。

「私は美術学科卒だぞ。こんなん分かるか!!」

能天気な親の顔を見ていたら、無性に憎たらしく思えてきた。キッとにらんだ。

両親は、お金で遊ぶのが大好きだった。定期預金に投資信託、ファンドラップに株の売買、たくさんたくさん遊んでいた。たくさんたくさん契約本数があった。

少しぐらいは分かってやっているのだろう。希望的観測で、母に声をかけた。

「なあー、特定口座って何?」

「えっ……」

そう言ったきり無言。

「じゃあ、ファンドラップって何?」

矢継ぎ早に答えを求める。

「じゃあ、MRFって何?……」

作り笑顔でだんまりを決め込む母。無駄な時間がダラダラと過ぎていく。

「なあー、なあー、教えて~な~」

しつこく訊く私。

「そんなん私に訊かんとってー‼」

突然母がブチ切れた。

なんでそっちが切れるねん。切れたいのはこっちの方や。

仕方がないから、ソファーのところでぼんやり座っていた父に問いかける。

「わしゃ関係ない。もう寝る時間や」

そう言って立ち上がり、ヨタヨタとした足取りでいそいそと寝室へ。夜の7時半。床につくには、早すぎる時刻やろ。

「日中もテレビをつけっ放しで寝ているくせして……。どんだけ寝るねん」

心の中で、突っ込みを入れる私だった。

空腹のせいだろうか、胃が痛い。楽しそうに母はテレビを見ているだけで少しも手伝わない。誰のためにこんなことをやっているんだろう。どこまでも虚しい。このままいると泣き出しそうになったから、大急ぎで物を片付け、足早に実家を出た。

「自分が蒔いた種は、自分で刈れ」と子どもの頃、親からそう教わった。「自分がされて嫌なことは、人にするな」とも。あれは何だったのだろう。親の終活を処理するほどに、私の中で両親の評価は下へ下へと下がっていった。一体どこまで下がっていくのだろう。地底人が出てきそうな勢いだった。

ある日、不動産の権利書について父に訊いてみた。邪魔くさそうに答える父。

「大丈夫や」

「ちゃんと置いてある」

「大事なものは全部、金庫に入れてある」

母を誘って大きな金庫の前へ。すると母がひとこと。

「あのなー、邪魔くさいから、ずっと開けっ放しや。鍵、かかってへんねん」

何のための金庫だろう。金庫にしまう意味はある？　ひとりで突っ込みを入れながら、金庫の中を覗く。通帳に印鑑、お札に土地の権利書らしきもの。確かに大事なものが入っていた。しかし私は見た。それと一緒に入っていたのは、高級車の豪華なパンフレットと、自治会の配布物だった。そして古新聞紙と折り込みチラシだった。どのへんが大事なもの？　このあたりから雲行きがどんどん怪しくなってきた。

父の机の横のスチールロッカーもチェックする。六法全書は新品そのもの。ページを開いた痕跡がない。広辞苑並みの分厚い会計簿。ファイルを開くと、記入は1ページで終わっていた。懐疑的になった私は、郵便物にも手を伸ばした。濃いピンクの封筒。督促状が2通、埋もれていた。

「こんなん出てきたでー、えらいこっちゃ」

テレビを暢気そうに見ている両親の元へ。封筒をピラピラ振って見せると、

「何や、そんなん放っとけ」

父は即答した。

「ええー?! そんなん、あかんやろ」

大急ぎでコンビニへと走る私だった。

そんな中、両親が施設に入所するちょっと前のことだった。唐突に不動産売買の話が飛び込んできた。それは以前裁判になった雑種地、つまり山林。不良物件を買いたいと言う。渡りに船と内心喜んだものの、うっかりおいしい話に乗るととんでもないことになる。以前、父の裁判を見てそう思った。だから不動産会社を経営している従兄に頼み込み、仲介業者として中に入ってもらうことにした。

ところが、なぜか、父はその売買契約に乗り気でなかった。

「そこは触ったらあかん土地や」の一点張りだった。

「そこを売ったら、400万かかる……」

わけの分からないことばかり何度も言う。

「ずっと、じいちゃん、それぱっかり言うねん。昔から……」

母が横から珍しく口を挟んできた。

そうは言っても、「負の遺産」が残るのは嫌だ。仕方がないので、25年以上放置されていた山のような裁判記録などに目を通してファイリングして整理した。すると、父が某不動産業者とあり得ない契約を結んでいたことが発覚。ただ、その契約はすでに解約されていた。見つけた覚書を読むとそれがすぐ分かったので、それを父に見せて説明した。すると父もようやく納得。こうして山林の売買契約の手続きは進み、契約は無事成立した。親のツケがまた一つ消えた。私は阿波踊りをしたい気分で、ルンルンだった。

ところが、どっこい、いきなり某不動産業者から5800万円を支払えと訴えられた。この契約はすでに解約されていたはずでは……。もう一度、書類の山を調べると、「まさか」の「まさか」だった。**解約したその日に、また同じ片手落ちの契約を父は結んでいた。**しかも、手付金まで受け取っている。どこまでおバカなんだ。「ウソやろー」である。開いた口が塞がらなかった。

しかも、この状況で「わしゃ、関係ない」と嘯(うそぶ)いている。どこまで根性腐ってるねん。その無責任さと無神経さに呆れ果て、心の中で父を捨てた。

というわけで、私は父が訴えられた裁判もひっかぶることになった。あんなに必死に頑張ったというのに、親の積み残した宿題は減るどころか、むしろ増えているではないか。まるでダイエットの後のリバウンド。思わずお腹の脂肪を掴んでいる私だった。虚しいったらありゃしない。「365歩のマーチ」のイントロが頭の中に流れ始めた。予想外の展開。困ったことになったとひとり頭を抱えた。

さて、私の知り合いに弁護士さんはいなかった。だから、以前父がお世話になった弁護士さんに電話を入れた。「〇〇です。ご無沙汰しています」のここまでを父が担当し、「娘に代わります」で私と交代。戸惑う弁護士さん相手に事情を説明する。すると相手の弁護士さんは激怒し、たちまちティラノザウルスに変身。何でも以前、何度もその弁護士さんから今回のようなことにならないように、父は忠告を受けていたそうだ。そんなことは小指の先も知らない私は、受話器を持ったままペコペコと頭を下げ続けた。しかし、弁護士さんの怒りは収まらない。ゴジラの火焔よろしく言葉の火焔を吐き続けた。

なんで私が、父の代わりに怒られてるねん。違うやろー、怒られるのは父やろー……。とんだとばっちりだった。

相手の気持ちが静まるのを待って、改めて弁護をお願いした。すると渋々弁護を引き受けてくれた弁護士さん、電話を切る前にこう言った。

「お父さんが以前訴えた時の裁判記録と契約書、その後結んだ契約書と覚書、そして再び結んだ契約書、及び今回の契約書、今回の訴状、これら全てを時系列に並べ直して、ファイリングし、〇月〇日に当事務所へ持参してください」と。

こうして、また仕事が仕事を産んだ。つまり、教師としてフルタイムで働いて、その後実家に立ち寄り、介護をして、弁護士事務所に持参する書類のファイリング等をやって、残りの親の終活をやって家に帰る、そんな日々になったということだ。

山林の売買契約が成立するまでは、職場↓従兄の夕食を買いにデパート↓実家（業者を交えての話し合い）↓自宅という行動パターンだったのが、もっと複雑な動きになって、職場↓手土産を買いにデパート↓弁護士事務所↓山林を売却したので税理士事務↓実家↓自宅というパターンになった。まさにてんてこ舞い。

職場の同僚からは「よっ、成田屋」ではなく、「よっ、待ってました」でもなく、「死ぬなよ」「倒れるなよ」と声がかかるようになった。もう半分挨拶に近かった。そりゃそうだろう。睡眠時間4時間、年中無休で走り続けているのだから……。「親より先に死んではいけない」「親より先に倒れてはいけない」が私のスローガンになった。

父は知らぬ存ぜぬを決め込んでいた。相変わらずの上から目線。もちろん、労いや謝罪や感謝の言葉などない。母も右へ倣えで、のん気なものだった。

ある日、大雨警報が出る中、弁護士事務所に出向く必要があった。

出かける準備していたら、父が小馬鹿にしたように言った。

「アホちゃうんかー、こんなぎょうさん雨の降る日に……」

さすがに腹に据えかねた私は父に向かって抗議した。好き放題して責任を取らない父に対して親子の情愛は物の見事に吹っ飛んだ。「布団が吹っ飛んだ」である。そして母に対しても、それに近いものがあった。

私を突き動かしていたのは、愛情ではない。親への怒りと自分の子どもにツケは回さないという使命感だった。「～すべきだ」や「～しなければならない」ではなく、「人として自分がどうありたいか」ということで、行動を決めるようになったのも、この頃からだった。

親を変えるのも、他人を変えるのも無理だと悟ったのも、この頃だ。これまで、頑張っても、努力しても報われないことが世の中にはたくさんあると学んできた。だから、自分の思いどおりに物事が運ばなくても、「まあ、そんなこともあるわ」と開き直れるようになったのも、この頃だ。

自分でやれるところまではやって、それでもダメなら諦めて、違う方向を模索する。そして相手には期待しない。もし相手にイラついてどうしようもない時は距離を置き、可能であれば、身の回りの環境を変える。自然や動植物に癒してもらい、明日へ踏み出すエネルギーを溜め、負のエネルギーは害のない形で上手に吐き出し、自滅しないようにガス抜きをする。

そんなことを考えるようになったのも、この頃だ。

そう言えば、最近読んだ枡野俊明氏の本にも、同じようなことが書いてあったっけ……。

でも、そこは俗人。聖人のようにいきはしない。むかっ腹を立てることも、愚痴をこぼしたくなることも、人を罵倒することもあった。だって人間だもの……。相田みつをさんではないけれど、ひとりつぶやいてみた。

さて、問題の裁判はどうなったかというと、いろいろ駆け引きがあった後、クリスマスの頃に和解が成立した。5800万円の請求額が1900万円で済んだ。「やってて良かった公文式」ならぬ「やってて良かった民事裁判」だった。改めて選択は間違っていなかったと確信した。しかし疲労はピークに達していた。


今回は、トラブル・クリスマス。ハッピークリスマスではない。「またかよ」である。ゴールデンウイークとクリスマスと正月、この3つは私にとって鬼門のような時期だった。こうも続くと恒例行事のような感覚にさえなってくる。そしてこの後、その予感は的中する。

今度は山林を売った相手に訴えられたのだ。またしてもゴールデンウイーク。山林から産業廃棄物が出たとのこと。仲介業者が私の自宅にやって来て、そう言った。示談で事をすませる予定だったようだ。その手に乗れば話は簡単なのだが、生来、私は石橋を叩いて渡る性格。即答を避け、仲介業者が帰ってから弁護士に電話を入れた。訴状と契約書を持って来いと言う。急遽、弁護士事務所へ……。

今回結んだ契約には抜かりがなかった。そう弁護士から告げられた。少しホッとした。（契約者は父の名前にはなっているが）当方は瑕疵担保責任を負わないという一文がついていたからセーフだった。といっても、問題が解決したわけではない。産廃をめぐる裁判が始まり、またもや多忙な日々に。ほんとにいい加減にしてほしいと父を睨んでも、つらの皮が厚すぎて効果はゼロだった。

実は父が最初に裁判を起こしたのも、この山林だった。なぜにここばかりなんだろうか。強力な地縛霊でも憑いているのだろうか。二束三文にしかならない雑種地の山林。同じ場所をめぐる三度目の裁判。そして私にとっては二度目の裁判。

ずっと昔、父が玄人三者と手を組んで、この土地の開発に着手したことがあった。ヒエーッという金額をつぎ込んでおきながら、その開発は阪神・淡路大震災後、物の見事に頓挫した。だから土地の種別としては雑種地のままで、残ったものは父が交わした変な契約だけ。もろもろの支出金額を今回の売却金額から差し引くとほぼ利益なしのトントン？　なんということでしょう、土地を売って貧乏になっていくとは……。これって暇つぶし？　それとも社会奉仕？　いろいろ考えていたら、眠れなくなった私だった。しかし父はお構いなしで爆睡している。「悪いヤツほどよく眠る」とは、よく言ったものだ。

1回目の裁判の途中で、両親は介護施設に入所した。だから、職場→デパート（手土産、購入）→弁護士事務所→税理士事務所→介護施設（親に説明）→資料を取りに実家→自宅と仕事のフルコース。毎日でないにしても、なかなかのハードスケジュール。逃避行を夢に見るまでになった。でもそんなことはできるはずもないから、へとへとになりながら、何とかこなそうと努力した。

裁判は民事裁判。でも時間はかかったから、途中で、父の保佐人（判断能力が低下した本人のサポート役）になる必要があった。なんといろいろ経験できる人生だ。思わず苦笑してしまった。2回目の裁判が結審したのは、父が他界してから4ヶ月後のこと。相手業者への支払いはゼロ。当方の主張が全面的に認められる結果に終わった。

しかし、誰も「本当にお疲れさん」「よく頑張った」などとねぎらってくれるはずもない。だから、自分へのご褒美としてケーキを買って帰った。箱を開けると色とりどりのケーキがズラリ。甘い香りが私の鼻孔を心地よくくすぐる。ぜい肉がまた増えるのは間違いない。けれどひとり至福の時を楽しむ私だった。


さて、話を元に戻そう。

最初は「ひと夏頑張れば、何とかなる」と思って始めた親の終活。気がつくと5年が経過していた。まさにフルマラソン。なんと長かったことか。たくさんの方にお世話になって、やっとここまでたどりついた。でも終活はまだ完結していない。底なし沼だ。

振り返れば、親って何だろう、きょうだいって何だろうと思い悩む日々だった。親子の情愛もきょうだい愛も、同じ釜の飯も、全て否定したような日々だった。

戸惑いの連続だった投資関係の処分も、人の助けを借りて何とかなった。実家のリフォーム代に充てたり、相続税対策として新たに入った保険の保険料の支払いに回して活用した。また苦戦した小規模企業共済も解約手続きを無事すませ、相続税対策資金にそのお金を充てた。

馬鹿みたいにたくさんあった銀行口座も、必要なものだけ残し、あとは全部閉じた。解約やもろもろの手続きの書類を父の代わりに自分が書けたら、どんなに楽だろう。途中、何度も同じことを思った。邪魔くさがる父を、その気にさせるには、知恵と根気と時間が必要だったからだ。そして、こちらの根気と体力も。とにかく大変だったとだけ、ここでは言っておこう。

それから、ここでは触れていないが、他の不動産（不良物件）の売却も、苦労してすませた。その代金は永代供養つき納骨堂の使用料と30年間の永代供養費、葬儀社の会費一括払いへ。これまで本屋で買い漁った本が、大いに役立った。はてさて、何冊買ったことか……。大学受験の時より真剣に勉強した。

ところで、一番時間を要した物の処分は、父の車だった。乗りもしないし、運転もできなくなっているのに執着してなかなか手放さなかったからだ。とにかく困った。父から「いいよ」という言葉を引き出すまでに10年もかかってしまった。こちらの粘り勝ち。息子に口利きを頼んで、即刻売却した。

ゴルフ会員権も、一つは二束三文で売却。もう一つは父の遺産として残った。こちらは二束三文以下で、すずめの涙にもならなかった。しかも、このゴルフ場を父は一度も利用していない。見栄で購入したって？　その理由を私は知りたいが、死人に口なし……。

どこまでいっても、突っ込みどころ満載の父だった。こんなにドブへお金を捨てていたとは……。子どもの頃、１００円で泣いた私には、許しがたく信じがたい行為だった。ドブに捨てるぐらいなら、あちこちに寄付をしろ!!　私はそう言いたかった。

そして最後の最後まで残ったやっかい物、一つは父が大量に買い込んだ美術作品のレプリカ。本物でないから査定もされず、ただのゴミだった。しかも有料の粗大ゴミ。１０００万以上つぎ込んで、ゴミを製造しただけ……。テレビ「開運！　なんでも鑑定団」で、よく見るパターン。「買うなら1点でいいから本物を買え!!」と私は叫びたい。そして「飾って鑑賞しろ‼」と。

父の呪いの言葉をよく思い出す。あの言葉に怯え、苦しみ、やっとここまでたどりついた。ある時は、密林を行く探検家の気分を味わい、ある時は、足場の悪いガラ場を行く登山家の怖さを味わった。また、ある時は、大海原をヨットで行く探検家の絶望感も味わった。そして頼れるのは自分だけ……。「死んだら負けよ」の世界だった。報酬も密着取材もない、孤独な戦い。やっとそれが終わりそうだった。

やった者にしか分からない苦労。今なら淡々と人に語れる自信が私にはある。

今晩はゆっくりお湯に浸かって、少しだけ肩の力を抜いて、老犬の隣で夜空でも眺めてみようか。それとも……。人心地ついた私は布団に素早くもぐりこんで、眠りについた。

◇ここで、ちょっと寄り道

父が所有する不動産を売却する時、従兄に仲介をお願いして業者と5者で話を進めていった。父は「どうぞ」なんて言いながら、いつも通り客人にソファーを勧めるだけで何もしない。そして母も。ふたり共そこにいるだけ。接待の準備も手土産の準備も、従兄の夕食の弁当の買い出しも、みんな私が担った。もちろん、商談のやり取りも。

だから、その商談がある日はバタバタで職場を後にした。デパートに走って弁当と手土産を調達し、電車とバスを乗り継いで実家へと向かった。そして、実家に着くなり接待のコーヒーの準備をして、従兄が到着すると大慌てで弁当とお茶を出して打ち合わせをしたから、一服する時間などない。もちろん夕食を食べる時間も……。接待だけでも、弁当の購入だけでも、手土産の準備だけでも、一部を母が担ってくれたらどんなに楽だったろう。いつもそう思っていた。しかし、母は根が生えたように動こうとはしなかった。どっこいしょと座っていただけだ。

そんなある日、従兄が予想していた時刻より早めに到着した。私とほぼ同時到着。いつも以上に大慌てで準備をする。しかし、ひとりではどうにもこうにも手が回らない。

すでに緑茶が入れられるように準備はできていた。急須と茶托と湯飲みはお盆にセッティングしてあった。あとはお茶を作って注ぐだけ……。だから、いくらなんでも、これくらいなら母もできるだろうと予想していた。

こうしてバタバタしていた時、仕事で遠くに行っている娘が、偶然フラリと実家にやってきた。

従兄に弁当を出す準備をしていた時のことだ。

「ばあちゃん、悪いけど、ちっちゃい兄ちゃん（従兄）にお茶出してくれる。お盆に全部準備してあるから、その湯飲みにお茶を入れて出すだけ。急須も茶筒も、そこにあるやろ」

そう言ってダイニングテーブルの上にあるお茶のセットを指差していた。

「お湯もちょうど沸いたから、すぐ入れて出してくれる？　私は、お弁当を出す準備してるから……。頼むでー」

「分かった」と母。

母に背中を向け、弁当の包装をはずし、箸と箸置きの準備をする。後ろでガチャンガチャンと食器棚の扉を開け閉めする音がする。それから急須にお湯を入れる音、続いて湯飲みにお茶を入れる音。

「はいチヒロ、お茶入ったから飲みなー」

その言葉に驚き、振り返る。母は従兄にお茶を出さずに、テーブルに座っていた孫、私の娘にお茶を出していた。しかも、わざわざ欠けた湯飲みを食器棚から取り出して……。

「何やってるん、ばあちゃん!!　なんでチヒロに先、お茶出してるん？　出すのはお客さんが先やろ。それにわざわざ割れた湯飲みなんか出して……」

いつもながら意味不明の母だった。その空気を読んで、私の娘が席から立ち上がる。

「お客さんにお茶、出したらええんやねー」

「うん。悪いけど、そこのお盆にのってるのがそれやから、頼むわー」

娘の機転でどうにかこうにか様になった。「いいタイミングに帰って来てくれて、ありがとう」。娘に感謝、感謝の夜になった。

それにしても、どうしていつもこうなるのだろう。暇にしている母は使いたいけど、使えない。あんなに暇にしているというのに……。それは父も同じことだった。

商談がすんでお客が引き上げると、いつも以上に疲れていた。母に期待してはいけないと悟った夜だった。娘と取り留めのない話をしながら自宅へと向かう。もうひとりの自分が、会話とは関係のないところで思案をめぐらしている。

本当に手立てはないものだろうか。まだ母のことが諦め切れない私だった。

ところで「権利書」、ドラマでよく出てくるあの権利書。本物は「権利証書」「登記権利書」「登記識別情報（登記権利証書）」と表記が一様でないと知っている人は何人いるだろう。私は親の終活をするまで、全く知らなかった。おまけに権利書とは別物で「登記済証書」なんて紛らわしい名前のものがあるなんて知る由もない。

私はそんな情報を持たないまま、これまで生きてきた。それで困ったこともない。分筆と合筆は知っていたけれど、雑種地だの、地役権だの、多くの専門用語は知らないまま生きてきた。でも、父は不動産の有限会社を起こし、アパート経営までしていたくらいだから、よく知っているはずだった。

「お前には分からん話や」とか、

「ワシはちゃんと分かってる」とか、

「権利書は全部金庫にしまってある」とか父は常々言っていた。だから、「なるほど、ごもっとも」と思って疑いもしなかった。ある時点までは。

売買の話も大詰めになると、先ほど出てきた「権利書」の確認作業が入ってきた。父の言葉を信じていた私は、父に言われるままに金庫に入っていた「権利書」なるものを取り出して、その日に備えた。

この日も打ち合わせ場所は実家だった。参加者は私が頼んだ仲介業者の従兄と売却先の仲介業者、そして司法書士と両親と私の6人。リビングの机にズラリ並べた「権利書」なるもの。地番ごとになっているから、7冊もあった。

それらをじっと見ていた司法書士さんが、気の毒そうな顔で私を見ていた。

「娘さん、これはどれも『権利書』ではありません。よく似ているんですが表題が違います。これではなく、『権利書』はありませんか？」

頭の中が真っ白になった。父が「権利書」だと胸を張って私に説明していたものは、それとは別物だった。まさに青天の霹靂。恐る恐る訊ねる。

「じゃあ、どんなのが『権利書』と言われるものなんですか？　すみませんが、教えてください。もう一度探してみます」

「たぶん、この時代のものでしたら、用紙は黄ばんだ和紙で、『登記権利書』って書いてあるんじゃないかな。新しいものだと、ここに並べられている用紙と同じで、『登記識別情報』とか『登記権利証書』って書いてあると思いますよ。では日を改めて、もう一度確認作業をすることにしましょう。それまでに探しておいてくださいね」

司法書士さんから突然宿題のプレゼント。全然ありがたくないプレゼント。でも、つき返せないプレゼント。やるしか選択肢はなかった。

それにしても、この父のいい加減さ。どこまで広がっていくのだろう。こういう結果になっても、反省もしない。信用はゼロ。なのに、あの自信。谷底に向かって評価が落ちていったというのに……。父の評価はマイナス査定もいいところだった。

不思議なことに、この日を境に、母が突然大きく変身した。水を得た魚のように、喜々として父を攻撃し始めたのだ。客の接待も、通帳の記帳も、中元や歳暮の手配も、荷物の再配達手続きもできないくせして……。私には、目クソと鼻クソの戦いにしか見えない、夫婦のバトル。どっちもどっちだった。

こうして私は、再び「権利書」の捜索に追われる日々に逆戻りした。大捜索を開始する。

その結果、7通のうち6通はなんとか発見することができた。もちろん金庫の中からではない。1通なんか古新聞の代わりに湿気取りの紙としてタンスの引き出しの底にへばりついて眠っていた。なんという雑な扱い。古新聞と同等とは……。

ためしに「車のパンフレットよりこちらを大事にしろ」と父の背中にテレパシーを送ってみた。でも反応はゼロ。以心伝心は難しいものだ。

結局紛失した1通は、司法書士さんに14万円払って作り直してもらった。舞台裏はいつもいろいろある。でも結果オーライ。無事に売買契約は完了したから、良しとしよう。

不動産の話に戻ろう。次に着手したのは、父が所有する1棟のアパートの売却。これまた従兄に頼んで買い手を探してもらう。ただ、それまでにやるべきことは相も変わらずたくさんあった。全戸数30戸の鍵と施設設備の鍵の確認。入居者の家賃と駐車場代金の確認と会計帳簿。そして契約書の確認。

どれもこれも、見事なくらいぐちゃぐちゃだった。悲惨な状況。仕方がないので、現地に出向き、鍵の確認と空室状況のチェックをすることにした。住人から不審者と勘違いされるのも嫌だったから、どの部屋が空きなのか、よく知っていると主張していた母を連れて出かけた。

とある部屋の前。標札は出ていないのに、わずかばかり玄関ドアが開いていた。

「ばあちゃん、ここの家、誰か入ってはる?」

「いや〜、誰も入ってないはずやでー」

そう言ったから、安全確認のため思いっきり勢いをつけて玄関ドアを開けた。すると誰かが目の前に立っていた。しかもこちら側を向いて……。目と目が合う。

「どちらさんで?」

相手はびっくりしたように訊いた。そりゃそうだろう。インターフォンも鳴らず、ノックもなしで急にドアが開いたのだから……。私も内心動揺していた。とっさに言い訳をする。

「すみません、家主のマダです。今階段の蛍光灯など点検して回っています。何か気づかれていること、ありますか?」

そう言って、慌ててお札のような母を住人の前に押し出す。すると、みるみる緊張していた相手の顔が緩んでいく。

「いや〜、別にありませんが……」

「そうですか、どうもありがとうございます。また何かありましたら、お知らせください。では失礼します」

そう言って、そそくさと母の前にまわり込みドアを閉めた。心臓がバクバク言って、汗が噴き出している。

「あんた、ようまあ～、うまいこと言うな～」

詐欺師を褒めるように母が言った。そこは、褒めるところじゃない。まずは反省だろ……。

「あのな～、こうなったら嫌やから、ばあちゃん連れてきたのに、これじゃー意味ないやん!!」

声を潜めて抗議した。すると、

「だって、空きやと思ってたんやもん」

あっけらかんと言い訳をする。そして、「ごめん」と言ってから、へらへらと笑っている。どうしていつもいつもこうなるのだろう。ショートコントの台本なら、何本でも書ける私だ。（またやってしまったのですね）災いの女神がそっと耳打ちをした。

一向に賢くならない母と私。何度失敗しても、また同じ轍を踏む。全く進歩しないふたりだった。

4．喪主デビュー＆仏事はそれなりに

母は施設に入所してからも、元気いっぱい動き回っていた。新型コロナウイルスが流行るまでは、施設の外へ買い物に行ったり、散歩に出かけたり……。

それに比べ父は、要らぬことをしない代わりに、物事に対する興味・関心が低かった。体を使うことだって、消極的だった。そんな姿を見るにつけ、人は何のために生きているのだろうかと哲学者のように考え込んでしまった。父は食べることしか興味を示さなかった。だから、坂道をビー玉が転がっていくように、能力も体力もあっと言う間に低下していった。そして、徐々に自分の意思を伝えることができなくなった。

私は子どもの頃から鳥や犬など動物をたくさん飼ってきた。たくさんの動物の看取りもしてきた。だから、人間の看取りは未経験でも、ある程度どうなっていくかは予測できていた。しばらくすると、父は食事が取れなくなった。やがて水分も。胃ろうも、延命処置もしないまま自然死を目指した。それは本人の強い希望でもあったからだ。

こうして古木が枯れていくように萎えていった父は、クリスマスまでもう少しという頃、静かに穏やかに旅立っていた。

心配していた母のパニックは幸いにも起きなかった。バタバタと葬儀の手配をし、無事喪主デビューを果たし、仏事と役所関係の手続きと父の退去手続きに追われた。

父が亡くなる20日前には、実家で飼っていた（両親が入所後は我が家で飼っていた）ミックス犬、「ハナちゃん」が七転八倒しながらあの世に旅立った。その壮絶な最期は、「ハナちゃん」からの言葉のないメッセージだった。「生きるとは、こういうことだよ」「苦しくて辛くても、最後の最後まで生きることを諦めないで……」そう教えられたような気がした。ミックス犬の「ハナちゃん」を看取り、父を看取り、バタバタしているうちにクリスマスになって、年末になって、新年を迎えた。父が亡くなって約1ヶ月後には、今度はトイプードルの「さくら」が旅立った。「ハナちゃん」同様のメッセージを残して静かに……。

教則本のような仏事の本を繰り返し見ながら、お寺と相談して、逮夜（たいや）や法要は簡素化して執り行った。新型コロナの流行があったからだ。参加するのは私だけのことが多くなった。母も参加できないまま、納骨をすませ、初盆を迎え、一周忌をすませた。

今、我が家のダイニングテーブルの上には父の位牌が載っている。その窓の向こうには、ワンコたちが眠る狭い庭。お坊さんに読経してもらうたび、父と2匹のワンコを同時に供養してもらっているような具合だ。不謹慎だが、一粒で二度美味しい「グリコ」のキャラメルのようだ。ちょっと得した気分。笑みがこぼれる。やっぱり私は小市民、どこまでいってもりっぱな小市民だった。

◇ここで、ちょっと脇道

両親が施設に入所してからも、裁判は続いていた。途中で弁護士さんから「後見人」申請をするよう促される事態へ。公判で、法廷に召喚される場合があるためだが、私は「後見人」ではなく「保佐人」をしたいと返答した。それには理由があった。「後見人」に一旦なってしまうと、相続税対策が全くできなくなってしまうと知っていたからだ。3年ほど前に読んだ本から得た知識だった。

たまたま、最初に買った介護等の関係本は永峰英太郎氏の『70歳を過ぎた親が元気なうちに読んでおく本』と『マンガ！　認知症の親を持つ子どもがいろいろなギモンを専門家に訊きました』だった。

この本は、弁護士や税理士や医者といった専門家が書いた本ではなく、親を介護した息子が書いた本だったから、具体的で内容が分かりやすく書かれていた。それが気に入って購入したのだが、この本に出合わなければ、先の知識を得ることはなかっただろう。まさに一期一会。どれだけこの2冊の本に助けられたことか……。

私は相続税対策をしながら、具体的な手続きについては弁護士さんの指示に従って動いた。「後見人」「保佐人」「補助人」の選択は申請人にはできない。家庭裁判所の判断に基づくものだった。だから、自分の希望する「保佐人」になりたかった私は、医師の診断書が必要だった。もちろん診断書の中身は保佐人が適当だとする記述が必要で、用紙も裁判所が指定する診断書の用紙だった。

私の父の場合、裁判との絡みがあるから、早々に出すと、痛くもない腹を探られることになるから普通以上にややこしかった。だから、いつ申請するかは弁護士さんに一任していた。

診断書の有効期限は3ヶ月。あっという間にその期間は過ぎて、弁護士さんから再度診断書を取るよう連絡が入った。しかし、医者に再発行をお願いすると、怪訝な顔をされ、「どうなってるねん」と叱られた。いくら事情を説明しても納得してもらえず、渋い顔のまんま「3度目はないから」と念押しされて診断書を突き出された。内心3度目をもらいに行くことになったら、どうしようとビビっている私だった。そして、裁判所の認可が下りるまで、ビビり続けた。

結果的には、その最悪の事態は起きなかった。でも、2本目の裁判の公判中に「保佐人」から「後見人」へ切り替えるよう、裁判官から弁護士を通じて連絡があった。父が亡くなる1ヶ月ぐらい前の話だ。

死期が近い人間に対して今切り替えをする意味が本当にあるのだろうか。疑問に思った私は、その旨を弁護士さんに伝え、私の代わりに裁判官に訊いてもらった。すると、「もう結構です」との返答だった。だから私は「保佐人」のまま、任務を終えた。

それにしても、裁判官も人の子だなあと妙に感慨深かった。話せば分かってもらえることもあると妙にうれしかった。言うだけ言ってみるのも悪くない。裁判官からは冷徹な娘だと、思われただろうが……。

5．相続・争続・騒続（？）

巷でよく聞く相続が我が家でも始まった。ドラマでよく見る、あのドロドロとした人間模様。以前から、ああならないように私はやろうと心密かに決めていた。でも後日、その考えが甘かったと知らされた。

ドラマのワンシーンとは少し毛色が違うが、神経がピリピリするような、胃がキリキリ痛むような、胸がむかむかするような日々が待っていた。なんでこうなってしまうのだろう。争いを好んでいるわけでもないのに。その準備もしてきたはずなのに……。

両親の介護も、親の終活&裁判も、実家の屋根の修理などのリフォームも、死後の手続きも、仏事も、全て自分ひとりで全部引き受けた。そして、それらのことは逐一、母と妹に報告していた。

葬儀の時、妹は申し訳なさそうに、

「私、何もしてこなかったから、お姉さんの好きなようにやってもらったら、ええからね。私、口出し、せえへんから……」

と笑顔で言った。だから私も、

「私ひとりで相続は決められることじゃないから、また相談するから頼むわな」

と返した。すると妹から、

「相続、お姉さんはよく知らないと思うから、ネットで本を買って、そっちに1冊、送っといたから」

と唐突に言われた。

前にも書いたが、私は石橋を叩いて渡る女。これから必要になってくると思われる本は大量に買って、すでに何冊か読破していた。だから相続や死後の手続きの本は、手元に少なくとも5、6冊あった。その旨を一応妹には伝えたけれど、もう送ったと言うのだから、ありがたく受け取るしかない。波風立てないように。

「ありがとう、気を使ってくれて……」

そう言って感謝の言葉を添えた。ここまでは良好な関係。それがこの後、日を追うにつれ少しずつ崩れ始めた。予想外の展開。自分なりに気を遣い、抜かりなくやってきた自信があったというのに、なんてこった。私の努力は露と消えた。

情報の共有と事前相談が何より大事だと、私は常々考えていた。だから、自分の手持ちの情報やら今後の動き、今後の予定は、書面にまとめ、妹には郵送で、母には、それらを掻い摘んだかたちにして電話で内容を伝えていた。

そして、相続税が絡むので、以前からつき合いのあった税理士さんに「親が逝去した折には……」と言って事前にお願いもしてあった。もちろん、そのことついては、父にも母にも妹にも事前に伝えてあった。両親はそれがいいと納得していた。「担当してもらう税理士さんは相続に詳しい」という情報もつけるかたちで……。

しかし父の死後、実際に動き始めると、当初は「口出ししない」と言っていた妹の言動は一変した。相続手続きについて自分なりの考えがあったのだろう。スムーズに物事が進まなくなった。

私はとにかく、やらなければいけないことが山積みで忙しかった。父の逝去に伴う手続きは役所関係だけでもいろいろあった。その上、相続関係の手続きもあるから、書類&書類&

書類の毎日になった。

自分ひとり書いて出したら終わりという書類もあるにはあったが、書類の多くは母や妹の自署や実印の捺印が必要だった。だから、その書類を持って母の施設へ走り、郵便局に走っては妹のところへ書類を郵送していた。

そして、抜けがあったらいけないと思ったから、二重、三重にはなるがメールや電話でも妹には連絡を入れていた。いくら疲労困憊していても。

その上、私には母への差し入れや仏事をこなす必要があった。また相続税の納期も、父の準確定申告の期限も待ったなしだった。そのしんどさを汲み取ってくれる者は誰もいなかったし、助人もいなかった。時折母が感謝の言葉を口にするくらいで、実務には何のたしにもならなかった。

私はこれまで両親の終活をする中で、目もあてられないようなずさんな資産管理をずっと見てきた。だから、プロに入ってもらうべきだと思う気持ちも強くなっていったし、実際に入ってもらうように事を進めてきた。と同時に、妹にもそのあたりのことは詳細にわたり、説明もし、すでに連絡もしてあったから、安心していた。

また妹は、長男の嫁として、何年か前には舅を見送り、相続や死後の手続きについても、私より先輩で、よく知っているはずだった。だから、理解があると私は一人合点をしていた。

でも、妹は嫁の立場、相続も手続きも全て。蚊帳の外の立場だった。だから、立ち位置が私とは全く違った。それが原因でもあるまいが、実際に動き出すと次々と妹からクレームが入るようになった。税理士の選定然り、父の総資産について税理士への連絡然り、相続税の計算然り、法要然り、手続きに伴う本人確認然り、ファンドの現金化に伴う手数料然り、やることなすこと全ておしかりを受ける羽目になった。

相続の本には、資産の取り分のことや、価値がある不動産か否か、価値ある株券か否か、現金が少なくて実家が資産だったケースなど頻度の高いトラブルの事例がたくさん載っていた。でも私の場合はそれに該当しないケースだった。介護を担ったからといって寄与分を要求したわけではないし、遺産分割は法定相続での分配だったから、特に私がたくさん遺産を受け取ったわけでもない。むしろ妹の方が金額的には多くなるように配慮していた。

しかし、もめる時は、どんなことでももめるようだ。税理士さんからの伝達事項を連絡しただけで、司法書士さんからの事務連絡を伝えただけで文句を言われた。

ある日、司法書士さんから、

「作成した書類に不備があるので、今渡している物は破棄して、後日打ち直した書類を妹さんへは渡してください」

と連絡があった。だから妹にはそのとおり伝えた。すると納得がいかなかったようで、

「そんなん、私がその書類をパソコンで打ち変えたら、ええだけの話やないの!!」
と言われた。だから、いつも連絡が連絡で終わらなかった。妹は司法書士の資格も、税理士の資格も持っていない。関係の本はたくさん読んでいるようだったが、実務経験もなければ、それらの事務所で働いたこともなかった。しかし、妹は知識があるのだろう。私と違って自信満々だった。

こんな具合で、思わぬところからほころびが生まれ、互いの常識がぶつかり合うようになってしまった。どうしてこうなってしまうのだろう。私にとっては最大の想定外になってしまった。

人はそれぞれ違う環境で育ち、おのおの違ったタイプの人とつながって、違う経験を積み重ね、人間性が熟成されていくと私は信じてきた。それ故、立ち位置が違ったり、考え方が違ったりするのは、ある程度しょうがないと割り切っていた。だから、対立した意見を持つ人に対して全否定することはないし、私もまた長期にわたって全否定され続けた経験もなかった。ところが今回はそれまでとは全く違っていた。

妹からたびたび全否定に近い発言をされた。しかも継続して。だから私自身全人格を否定されているようで心が千々に乱れた。まるで「**人間失格**」と言われているようでひどく落ち込んだ。

そうこうしているうちに、自分の携帯（ガラホ）のメールが思わぬことになった。あったはずのメールの一部が自然消滅していた。息子にそのことを伝えると、

「オカン、うかり消したんちゃうんか～」

さらりと言われた。でも消した記憶は全くない。私は、おっちょこちょいだが、そこまで物忘れはひどくない。完璧な人間ではないにしても、こんなに度重なってうっかりミスをしでかしたことは今までない。また自慢じゃないが、一部を編集する技術もなかったし、編集する必要性もなかった。しかも内容が内容だ。私は大事なメールは記録として残しておくタイプの人間だった。

妹から来たメールが編集され、内容を書き換えられたことを皮切りに、その後も2通、メールが勝手に消えていた。どれもこれも相続に関してのメール、しかも妹からのメールだった。だから余計に、気になって気になって仕方なかった。息子が言うように、見なければいいのに、気になるから毎日メールのチェックをこまめにした。息子が言うように、私のうっかりミスなのであろうか。とにかく、自分の携帯に空き巣が好き勝手に侵入してくるような不安に苛まれ、不快感と不信感で胸が押し潰されそうになっていた。

デジタルに疎い私には真相を探る術も知識もなかった。ただ以前、ニュース番組で、電子機器の外部操作についての特集が組まれていたのは覚えている。視聴もした。確か他人のス

マホやパソコンを許可なく操作するというものだった。

私の場合、本当のところは分からない。真相はやぶの中だ。誰がやったかも……、どういうふうにやったかも……。ただ私の心に深い傷が刻まれたことだけは確かだった。

そして、その後も妹から強い口調で言われ続けた私は、傷口に塩を塗り込められたようで心がヒリヒリと痛み、思った以上に疲弊していった。しかし、動きを止めるわけにはいかない。相続税の納期に向けて税理士さんと準備を進めていく。やがて私は、肉体的にも精神的にもヘロヘロの状態になった。でも終わらない相続のやり取り。

なぜか、話の途中から、私が離婚したことがやり玉にあがった。「自分のアドバイスを聞かなかったからだ」と妹が主張し始め、どんどん相続の話題からそれていった。教師という職業も、妹のピンチを救った過去の出来事も、次々まな板に載せられた。

こうなったら、何の話をしているのだか、わけが分からない。相続の話をしているのにどんどん沖へ流される小舟のようにあらぬ方向へと勝手に話が流れていく。しかも、時を経るほど、こじれていくふたりの関係。

これって相続問題？　それとも話に聞く争続ってやつ？　私は何度も異星人と話をしているような錯覚に陥った。無理して時間を作り、これまでメールや電話でやり取りしてきたことは、どうやら無駄だったようだ。抜かりがなく準備し、細心の注意を払って情報を流してきたというのに……。今までしてきた気遣いは全くの「無駄」だった。郵送した文書も、記録のコピーも、全て無駄だった。後に税理士さんから「姉は何一つ私には知らせてこない」と妹が言っていたと伝え聞いた。何をしてきたのだろう。あの苦労は、なんだったのだろう。ただただ虚しかったし、やるせなかった。

「なんで？　どうして？　こうなるの？」

解せない思いに囚われ、自問自答し、無力感に苛まれた。それまでフリーズ気味だった私の脳みそは、ここで完全にフリーズした。営業停止になった。それでも、途中経過を税理士さんと司法書士さんにはもれなく報告していたから、誤解を受けることは一度もなかった。それが唯一の救いだった。

それにしても、一体何をしたかったのだろう妹は。私はその心情をはかりかねた。妹の口から放たれる言葉は、心を突き刺す毒矢のように思えた。だからこのままいけば自滅する、そんな危機感を次第に抱くようになった。それを防ぐために距離を置くことにした。といっても、まだ相続は完了していない。仕方がないので、事務連絡等は直接、税理士さんと司法書士さんから妹にしてもらうようにお願いをした。もちろん、これまでのいきさつを説明した上でのことだが、快く了承してもらえて、ほっとした。父が亡くなってから8ヶ月たった頃の話だ。

それ以降、直接話をすることは避け続けている。時折、事務連絡をメールで送るくらいだ。それでもこの後、私は体を完全に壊した。胃痛に悩まされ、頭痛に悩まされ、不眠症になった。字を書こうとすると手が震え、自覚していた以上に精神的なダメージが大きかった。食欲不振と意欲低下にも苛まれ、最低最悪の体調だった。だから回復するのに時間がかかった。約1ヶ月、ヒーヒー言うことになった。もう若くないと自分で証明しているようなものだった。見かけによらず私はデリケートだったということだろうか。

今も妹は、これは「**相続**」であって「**争続**」ではないと言い張り、ふたりは今も仲が良いと主張している。しかし、私の感想は全然違う。これは「**相続**」じゃなくて、立派な「**争続**」だと思っている。そして、ある意味騒がしい「**騒続**」であったと思っている。だが、どうだ。この認識の差は……。捉え方の違いはどこから来ているのだろうか。マダ家の七不思議と苦笑いするしかない。

今まで妹のことを理解しようと努めてきた私だったけれども、それはもう限界だった。しんどさだけが積み上がった。そこで、ある日を境に考え方を大きく変えた。妹に納得してもらうことも、理解してもらうこともすっぱり諦めた。気を使うこともやめた。今後は距離を置いてつき合うことにする。

こうして紆余曲折いろいろあった父の相続は、ひとまず完了した。高額の相続税の支払いも終わった。ただ、母の生前贈与と終活の火種は残ったままだ。そして、それに伴う前哨戦はもう始まっている。しかし、深く考えると気が重くなるから、今はそのことを棚上げにして、現実逃避している私だった。つかの間の、平和でのどかな日々を楽しみたいと思っている。「困ったらええ、苦しんだらええ」と言っていた父も、さすがに許してくれるだろう、今は……。化けて出てこないところを見ると大丈夫だろう。

最近、新しい出会いがあった。うれしい限りだ。それは、ドラマによくある恋愛「**ラブ**」ではなくて、「**ライク**」の方、気の合う人との出会いがあったのだ。そのきっかけは、親戚の介護。自分がそのキーパーソンになったことによる。つまり引き受けなければ、出会うはずのない人たちとの出会いだったということだ。目の前にコロリと転がっていたというわけではないけれど、そういう意味では、「袖すりあうも他生の縁」だったかもしれない。この歳になってから、意気投合できる相手の出現は、何にも代えがたいものだった。最近ぱっとしなくて意気消沈していた私には、活力と勇気をくれるドリンク剤に近かった。「縁は異なもの、味なもの」である。その出会いは神様からの粋な計らいだったのかもしれない。あるいは、これまでのごほうびだったのかも……。

それと同時に、本を出版するという機会にもこうして恵まれた。これまた現実逃避にはもってこいの出来事。世の中、うまくできているものだ。大いに救われた。暗い気持ちを断ち切り、パソコンに向かう日々は楽しいものだった。目には見えなかったけれど、傍に福の神がいたのかもしれない。

季節は初夏。ツバメが飛び交う5月も残りわずかだ。

気晴らしに花の苗でも植えてみようかな。それともヨレヨレの老犬を連れて散歩にでも出かけてみるか。それとも、ちょっと奮発してスイカでも買ってこようか。それとも……。

今日はやけに空の青さが胸につき刺さる。ありきたりの毎日なのにこんなに愛おしい。せっかくだから、この毎日を味わい尽くして生きてやろうか。大好きなスイーツを食べながら、好みの音楽を聴きながら、三段腹を時々憎らしげに摘まみながら、溜まっている新聞をじっくり読んでみよう。読みたかった本も読もう。そして、気晴らしに好きな番組でも見てみよう。そして大きく腕を広げ、深呼吸をしてみよう。

そう思ってのんびりしていたら、税務調査の準備を中断したままだったことにふと気がついた。はてさて、どうしたものか。いつからしたものか。相変わらず優柔不断でさぼりの私がいた。あれこれ考えあぐねていたら、とっぷり日が暮れた。そして今日も一日、平和で穏やかな一日だった。

明日の天気は晴れかな？

テレビの天気予報を見ながら、現実逃避にしがみついたままの私がそこに座っていた。

◇ここで、お口直しの寄り道

父が亡くなってからも以前同様、介護施設にいる母とは決まった時刻に、携帯電話でやり取りを続けている。ここのところは毎日だ。新型コロナの関係で、直接会うこともままならない昨今、このやり取りだけがふたりを結ぶ命綱になっていた。しかし、会話だけのやり取りは、かなり苦労と困難を要する。

言葉の聞き違いがあったり、とんでもない勘違いがあったり、勝手な思い込みがあったり……で、母とのとんちんかんなやり取りは、恒例行事になった。会って話をすれば、指差しや図解などで補助説明できることでも、電話ではそうはいかない。だから、母の話の内容を正しく理解しようとすると、小一時間はかかる。しかも、集中力がなく聞き洩らしが多い母、持続力と注意力にも問題があったから、なおさらだった。

その結果、私は全身全霊を込めて喋るはめになる。身振り手振りをしながら、大声で。時間は最長3時間、最短15分、平均1時間ということになる。水分補給しながらでも、声に疲れが出てくるし、声がかれ果てた。しかも、話が通じなくて歯痒くなってくると、携帯を片手に、身振り手振りも激しくなってくるから体力消耗もはなはだしい。舞台俳優でもないのに……。自分でも「バカみたい」と苦苦しく思っているのに、気がつけば、同じことを繰り返している。全く進歩がない。

いつも、「また明日」と電話を切ったとたんに、ランニングをしてきたような疲労感に襲われる。でも、それはあくまでも気持ちの問題。お腹についたぜい肉はびくともしない。

母は、いつも自分だけが分かる話を、自分だけが分かるように唐突に話し始めるから、聞き手の私はいつも置いてきぼりを食らう。だが、そんな私を置いてきぼりにしたまま母の話はどんどん進んでいく。面食らって、戸惑って、混乱して、それでも理解しようと抗ってみるものの、それにも限界がある。

そんなある日、今日は自室で聞き覚えのある曲を歌ったと母が話し始めた。

「**あんたも知ってるやろけど**、中学校の時、音楽の授業はなかったんやでー」

「へー、悪いけど私、ばあちゃんの同級生ちゃうから、そんなこと言われても困るわー。私、そんなこと知らんがなー」

「ああ、そうか……。それでな、**あんたも知ってると思うけど**、友だちが歌っていたのが聞こえてきたんよ」

（いつの時代にワープしてるねん。今日の話違うんかいなー）

そう心の中でぼやきながら、話を聞く。

「ほんまー、それって隣の教室？　それとも音楽室から？」

「ちゃう。この時代、音楽室なんてもん、あるかいなー。誰かが講堂で歌ってたんが聞こえてきたんよ」

「じゃあ、ばあちゃんが教室にいたら、その声が聞こえてきたってこと？」

「ちゃう、私がいたのはトイレ」

　ますます話が混線模様。

「う～ん？　じゃあ教室の近くのトイレにいた時、歌声が聞こえてきたってこと？　離れているのに、よう聞こえたもんやなあー」

　校舎の見取り図を勝手に頭の中で描く。

「ちゃうちゃう、私がおったのは、講堂の横のトイレ!!　あんたも、よう知ってるやろー」

「そんなん知らんがなー。どこにトイレがあって、どこに講堂があって、どこにばあちゃんがおって、どこから歌声が響いてきたんか、その場におったばあちゃんは分かるかもしれへんけど、私には分かりませ～ん。最初から具体的に説明せんと……。だいいち、今日の話だと思って聞いてたら、急にばあちゃんの中学校時代の話になって、私、頭の中ぐちゃぐちゃやー。そんな話、ついていかれへんわー」

「そうかごめん。で、あんたも知っとるやろけど、中学校の講堂の横のトイレでなー……」

と話が続いていく。ますます混乱に混乱を重ね、二段重ね、三段重ねになっていく。

「あんたも知ってるやろけど」と「あんたも見てたやろけど」が母の常套句だったけれども、情報を共有できない私は、頭のてっぺんあたりで、蚊柱が立つように疑問符がブンブン飛び交うことになる。そしてそれが日常茶飯事、毎日だった。


また別の日には、北京の冬季オリンピックの話題から話が始まった。テレビ中継を見ていたと言う。

「フィギュア・スキーのペアやっとってんで～」

「あんたも見てたやろ、オリンピック」

「ごめん。私、見てない。他のことしてた」

「えっ、見てへんのん。今日はフィギュア・スキーのペアやっとってんで～」

「えっ、フィギュア・スキー？」

「そうやスキー」

「いやいや、違うやろ。スケートやろー」

「違うでー、スキーや。あんた、知らんのん？」

自信満々説明を続ける母と話についていけない私。想像力でそこをカバーしようとやっきになる。でも、すぐ限界がきた。スキーの板をつけて、フィギュア・スケートのように舞い踊る選手たち。しかも、ふたりで息を合わせて……。かなり高度なテクニックを要する競技？　いや、ほんまにそんな競技あるんやろうか？　そう言えば最近、競技名が変わった種目があったっけなー、水泳の競技の……。まあ、私が知らへんだけかもしれへんから……。

そう思い直して母の話を聞く。でも、やっぱり半信半疑。

「フ〜ン、ばあちゃんの話は、ひとまず分かった。ところで、その競技、雪の上でやってたん？」

「違う氷の上、氷の上やんかー!!」

鬼の首でも取ったような母の強気の発言。

「へっ？　氷の上？　それってフィギュア・スケート!!　雪の上でやるのがスキー!!」

落語のような本当の話。毎回、オチがもれなくついてくる。高齢で認知機能が衰えた親の話は、あっちもこっちも謎だらけで、それゆえ真相究明には根気と忍耐力と時間が必要だ。そして、こちらの発想力と頭の柔軟性も……。

また別の日、母と使い捨てマスクの話になった。

確認のために私が訊く。

「ばあちゃん、ちゃんと約束守ってる？」

「あんたに言われたから、ちゃんとやってるでー」

「フ〜ン、ほんまにほんま？」

「あんた、えらい疑り深いな〜」

「ばあちゃん、いろいろ人の裏をかくようなことしてきたから、自業自得や」

「そんな人聞きの悪いこと言わんとって……。ちゃんとマスク捨ててるでー」

「ほんまー、それやったらええねんけど……。じゃあ、一日1枚捨ててる？」

「なんでーなー、交換は四日にいっぺんや」

「約束したことと全然違うやん。マスクを持って行った日、私、電話で言うたで、毎日使ったら捨てるって……。一日1枚やって……。分かってる？」

「何べんも言わんで、ええ。明日からちゃんとするから……」

前向きな姿勢を見せる母。でも、この言葉に何度騙されてきたことか……。

しばらくして、2週間ぶりにマスクの話を母とした。

「この前、あんだけ言ったから、今度は大丈夫やんねえ？　ちゃんと守ってる？」

「やってるで〜。あんたにあんだけ言われたから、ちゃんとやってるで〜」

「フ〜ン、それやったらええねんけど……。じゃあ、毎日マスク捨ててるんやんねっ？」

「そんなんもったいない。私もいろいろ考えて、この頃は1週間に1枚にしてるんやで〜」

「へっ、ひょっとして使いまわし？」

「そうやで〜、**でも、ちゃんと捨てとうでー**」

捨てりゃあ、いいってもんじゃない。まず話の意味を理解していない。だからそんな母の話を聞いていると、私はイライラしてくる。

「なんでそうなるねん!!　何しとーん!!　マスクの使いまわしするなって言うたら、前よりひどなってるって、どういうこと？」

時間をかけて母に説明したのは、ただの暇つぶしになり果てていた。虚しさ100パーセント、悲しさ200パーセント。

「だって、あんたはそう言うけど、私なりにいろいろ考えたんやで〜」

「もう何も考えんでええから、言われたとおり素直にやって!!」

「でも、マスクもったいないいやん」

どこまでいっても食い下がってくる母。いつも以上に「もったいない」を連呼する。

げんなりした私は、言い方を変える。

「ハイ、ハイ、分かりました。好きにしてください。マスク、ケチって命なくしても、自己責任、自己責任。どうぞご自由に……」

いつも突き放すと、必ずすり寄ってくるのが母だった。

「そんな冷たいこと、言わんとって……。見放さんとって……」

どこまでいっても母は成長しない。なんでこんなことを親に諭しているんだろう。時々侘しくなってくる。

そして私は思う、この手に乗ってはいけないと。あの有名な時代劇と同じだ。「静まれ、静まれーい、この方を誰と心得……」という、あれ。

いつも同じ流れで、いつも同じ言い訳をして、最後は「明日から、ちゃんとするから」で、チャンチャン。そして懲りない母はいつも超元気で、体力を消耗して弱っていくのは私だけ。母の話は、私のエネルギーを容赦なく吸い取っていく。見事なくらいに……。

ある時は「徹子の部屋」の番組を見たと言って、話題に上がった輪島という関取について語り始めた。転身してプロレスラーになり、その人は顎がしゃくれていて、とっても背が高くって……と母は思いつくまま喋っていく。

えっ、関取の輪島って、プロレスラーになったっけ？　顎がしゃくれていたっけ？　そんなにむちゃくちゃ背が高かったっけ？

いつものように疑問符がブンブン飛び回る。

「なあー、それって輪島功一じゃない？」

「違う。関取の輪島!!」

「でも関取の輪島って人、顎、しゃくれてへんでー。アントニオ猪木、ちゃうん？」

「違う。関取の輪島!!」

「でも、背は高いけど、むちゃくちゃ高いってことはないでー。背が超高いのはジャイアント馬場やでー」

「あっ、それ、ジャイアント馬場」

「なんや、全然、ちゃうやんかー」

でチャンチャン。

またある時は、相続に関する書類の記入について、前日に電話を入れ、当日に電話を入れ、付箋をつけて指示が確認できるようにしてから、施設へ書類を持参した。新型コロナの関係で直接会えないから、ヘルパーさんに依頼内容を説明する。書類を母に渡して、書き終わったら返却してほしいと。

しばらくして書類を受け取り、施設を出る。ちょうどそれを見計ったかのように母が私の携帯に電話してきた。

「もう書類、見てくれた？　私、うまいことできてん。上手になぞっとーやろ」

思わず、聞いてびっくり玉手箱。

「ばあちゃん、付箋つけとってんけど……」

「えっ、ついとったっけー？　全然見てない」

「えっ、見てないのん。なぞるなって、私、電話で言うとったやろ？」

「ほな、私、書き直し？　ショックやわー」

ショックなのは私の方だった。あの努力は何だったのだろうか。やけくそ気味の私は、ダメ元で書類をそのまま郵送した。幸い再提出の電話はかかってこなかったから、ホッとした。


また、ある時は歯医者さんの話。珍しく、定時でもないのに母が電話をかけてきた。歯が痛いと言うが、ヘルパーさんには連絡済みとのこと。

「で、前回、歯医者さん、いつ行ったん？」

「えっ、2年前やったかな～？　その時ちゃんと予約も取ってんでー」

「じゃあ、予約の日に行ってきたんやろ？」

「いや、行ってない。だって、いつも歯の掃除をしてくれてた人、辞めるって言うてたから……。予約をしていた日には、その人おらへんかったからな〜」

「えっ、予約したのに、ドタキャンしたってこと？」

「それってドタキャンって言うの？　じゃあ、ドタキャンしてん。でもなー、ずっと待ってるんやけど、全然歯医者さんから連絡ないねんでー。どないなってるんやろ？　不親切やわ〜。次の予約日、教えてくれへんねんでー」

「何、言うとん。そんなん連絡来るわけないわー。予約を入れて行かんかったんは、ばあちゃんやんかー。勝手にキャンセルした患者の予約、なんでクリニックがとらなあかんねん」

「えっ、私が悪いん？　勝手に（自動的に）予約してくれると思ってたー‼」

というわけで非常識丸出しの母だった。基本的にはずっと昔から変わっていないのだが、当の本人は何かと歳のせいにした。

先日もチーズの件で小一時間もめた。それはプロセスチーズが4個、棒状にパッケージされたものの数についての話だった。母のところには鉄分を強化したタイプとたんぱく質を強化したタイプの2種類を差し入れしていた。だから、それぞれの残っている数を知りたくて母に質問した。しかし、これが全く通じない。いくら聞いても、片方の数しか言わない。そして、これで全部だと言い張って譲らない。何本ずつかと何度訊ねても同じ返答で、こちらが根負けしそうになっていた。で、このことが正しく分かるまで小一時間かかってしまった。

でも、それは今回に限ったことではない。いつもこと細かくかみ砕いて説明しても、なかなか「ほんま～」と納得する域に達しないから、理解させようと思って、カンカンになって喋っていると、こちらが最初に伝えようとしていた要件をうっかり忘れてしまって、電話を切ってから「あちゃー」ということになった。本当に「母につける特効薬があればなぁ」と真剣に思ってしまう。やっぱり私って、不謹慎な娘なんだろうか。

母の話をちゃんと聞こうとすればするだけ、やたらめったら疲れるのは事実だった。山登りしたかのように私はくたびれ果てた。もちろん爽快感や達成感など皆無で、単純に疲労感だけ。しかも、どこのエネルギーを使っているのだろう。ちっともやせてこない。人体の不思議を考えていたら、眠れなくなった。

6．神様へひとこと、申し上げます

ねえ神様、思いのたけを吐き出していたら、原稿がこんな枚数になってしまったじゃないですか。「どんだけ溜め込んでんねん、ストレス」と呆れてはります？　でもおかげでスッキリしました。私、改めて思うんです。何でこんな厄介な人生、歩んでいるんやろかと。障害物やトラブルが、やたらと多く登場するように思えるのですが、気のせいでしょうか？　お気軽に生きている母を見ていると、どうにもこうにも納得できません。妬ましく、羨ましく思う娘です。神様、私の何がいけなかったのでしょうか。こっそりひとりでお菓子を食べたこと？　それともナメクジを踏みつぶしたこと？　こっそり机の裏に落書きしたこと？

確かに小学生の時、亡くなった「キヨミちゃん」と一緒に生きていこうと誓いました。でも、あまりに激しいデコボコ人生。ちょっと神様、内容盛り過ぎていませんか？　これじゃあ特盛ですよ。こんなにトラブル、サービスしてもらってもねえ。トラブル2倍、苦労も2倍、不運も2倍じゃ、おまけし過ぎです。でも幸せ、幸運は2倍になってます？　なってないような気がするのですが……。これまた気のせいですか？　介護なんか、父と母、それと親戚二人も加わって、計4人も介護にタッチすることになったんですよ。なのに母はゼロ。介護はほぼほぼしていません。

いつかあの世に行って「キヨミちゃん」に会ったら、「こんな目に遭ったよ」とか「こんなに苦労したんだよ」とか「この後、どんでん返しが待っていたんだよ」とか言って、話が盛り上がるのは間違いないでしょうが、それでも物事には限度があります。おまけのつけ過ぎです。

いいことと悪いことは、人生において半々だと人はよく言うじゃありませんか。「じゃあ、それを量ったのは誰？　どうやって量ったの？」って、へそ曲がりな私は思います。「私の努力はどこへ行ったんやー？」と、嘆きたくなってしまいます。割が悪いと思いません？

えっ、思わない。

じゃあ、人生においての、いいことと悪いことの歩合は、本当に半々なんですか？

えっ、半々……。

でも私には合点がいきません。そりゃあ、この両親の下に生まれてきたから、たくましく育ちました。たくさん苦労もしてきましたからね。でも神様、ちょっとぐらい楽になる時期を私にもくださいよ。母とのやり取り、これ、なかなか骨が折れるんですよ。

話のネタをもらっているんだから、いいじゃないかって？

ハイハイ、もらってます。おかげでおもしろい話が書けました。でも、こんなにたくさんのネタはいりません。

何を贅沢言ってるって……。

ハイハイ、私が悪うございました。ところでトラブルの量、少し減らしてもらえません？

私も年相応に体力も気力も落ちてきていますからね。

えっ、分かってるって？

ではこれから、ぼちぼち減っていくんですね、トラブル。ハイハイ、分かりましたよ。もう少しの辛抱ですね。了解しました。

えっ、「物事は前向きに捉えなさい」ですか？　「ものも考えようによっては、プラスに見えてくる」ですか？

神様、なかなかお口がお上手。どこでそんなお勉強を……。

「つまらぬことを聞くな」ですか？

ハイハイ、どうも失礼しました。えっ、なになに……。「あの母から生まれて、あの母に育てられて、あの両親の下（もと）、あの過酷な環境の中で、まだ死なずに生きている」これこそが**「奇跡」**ですか？

そう言われてみたら、そうかもしれません。

ということは、私は運がいい？　そう言いたいんですか？

えっ、「だから私の人生は、いいことと悪いことが半々です」ってー、……。何だか、ていよく騙されているような……。

「神様だから嘘はつかない」ですか？

ハイハイ、ひとまずそういうことにしておきます。

えっ、「これで人生の帳尻があったのだから、**あれこれ気にせず、生きろ**」ですか？

分かりました、分かりました。最善を尽くします。では神様、「キヨミちゃん」によろしくお伝えください。それからワンコの「ナチ」と「ハナちゃん」と「サクラ」にもよろしく。そして父にも……。「ばあちゃんも、それなりに頑張ってるって、私も精いっぱい生きているって……」、そう伝えてください。

では、今日のところはこれにて失礼します。またストレスが溜まったら、神様、愚痴、聞いてくださいね。絶対ですよ。

なんやかんや言いながら、神様にすがりついている私。そんな私を神様はあきれてる？それとも……。

あとがき

高3になるまで、友達から「8時間寝る子」と言われ、よく呆れられていた。勉強もせず、時間があれば読書と美術に明け暮れた。そして大学生活へ。通学時間が片道3時間もかかったから、「8時間寝る子」は「5時間寝る子」に大きく変ぼうしたけれど中身は全然変わっていない。車中で爆睡して、睡眠時間は補っていた。やがて就職。睡眠時間は延びたり縮んだりで安定せず。3時間になったり、4時間になったり、はたまた5時間になったり……。医者から大目玉を食らうような、見事な不規則生活だった。そして現在に至る。

このままでいいとは私自身思っていない。だから無駄な抵抗と知りつつ、抗った時期もある。しかし結果は無残なもので、いつも努力すればするほど、希望する道から大きく外れ、気がつけば、あらぬ方へ。やがてため息が人生の旅の友となり、嘆きの言葉が子分になった私は、百戦百敗の惨めな姿へと。

何でいつもこうなるんだろうと自分の不運を呪った。目をこらしても出口が見えなくて、考えてどうなるものでもないと分かっているのに、同じ思いに囚われていた。なんで自分ばっかり、こんな目に遭うんだろう。そして、今も同じ言葉が、私の頭の上を目障りなくらい飛び交っていた。

思いおこせば、それは以前からあったこと。もう慣れっこのはずだった。「努力」という言葉を十字架のように握りしめ、「〜しなければならない」という思い込みとずっと闘ってきた。努力は必ず報われると。ところがどうだ、現実は……。見えない敵と戦っているみたいで何の手ごたえもなく、疲労感ばかりがつのっていった。なんだ閉塞感は、この不安感は、この息苦しさは……。気がつけば、私の心はカラカラで固くひび割れていた。日照り続きの田んぼのように見事なくらいに……。

そんな頃、新型コロナの流行が始まった。これまで私ひとりが抱え込んでいたもの（先が見えない不安感と閉塞感、そして疲労感）が、みんなと共有できるようになった。「独りぼっちじゃないよ」って肩をポンポンとたたかれたような気がした。パンデミックに救われるなんて何ともおかしな話。

新型コロナの流行によって、今まで鉄壁と思い込んでいた常識がいとも簡単に覆った。使い捨てが推奨され、人と距離を取るように言われ、会話を慎しんだ。人々の意識や価値観や考え方がこれを機会に大きく変わっていった。ちょうど私がトラブルに遭うたび考え方を変えていったように、……。そして行き着いた先はケセラセラ、「なるようになる」だった。

まさに諦めと開き直りの境地。新型コロナの流行によって気づかされることは多かった。何事も考え方一つ、捉え方一つ、そう思うようになった。

しかしながら、相も変わらず他者に振り回される日々。やりたいことはおあずけで、財布の中から現金が風船のようにフワリフワリと飛び立っていく。礼も言わずに……。溜まっていくのは積み残した仕事とゴミとストレスばかり。

そんな中、集団会場で健康診断があった。現役を退いてからは、かかりつけ医で受診してきたから、ひさしぶりの集団検診だった。検査項目の中にはオプションもあったから、久々に心電図も取ってみることにした。

「は～い、ちょっと冷たいですが、すぐに終わりますから……」

診察台に横たわる私に看護師さんは声をかけた。手慣れたしぐさで検査機器の吸盤と大型クリップをつけていく。よどみない呼びかけや指示は、まるで録音テープのように思えた。私はその指示に従い、ゆっくり息を吐く。クイーン、クイーンという作動音。次に記録用紙をカットする音。

「あら、ごめんなさい。もう1回取りますね。肩の力を抜いてリラックス、リラックス……」

そう言葉をかけられて2度目の挑戦。今度はうまくいったみたいだった。ほどなく検査から解放された。

実は私、心電図を取るのが大の苦手だった。それは、うまく体の力を抜くことができないからだ。たぶん就職して間もない頃は難なくできていたはずだ。それがいつの頃からか、うまくできなくなってしまった。意識すればするほど体に力が入り、思いとは裏腹の結果になった。おかげで、いつも診察台の上で取り残されるのは私ひとり。横を見ると他の台の人は早々と検査を終えて立ち去っていった。

うまく脱力ができない私は、いつも自分に向かって「大丈夫、大丈夫」と言い聞かせ、暗示をかけて臨んでみるもうまくいかない。だから、いつも同じような言葉が飛んでくる。

「肩に力が入ってます」と。

「ゆっくり目をつぶってみましょうか」

「腕の向きを少しだけ変えてみましょうか」

「一度大きく息を吐いてみましょうか」

「もう少し力を抜いてダラッとしてみましょうか」

いろいろアドバイスされても、ダメな時は本当にダメで、結局看護師さんから肩をさすってもらったり、腕をさすってもらったりするはめになった。何とも申し訳ない限りだが、五回も取り直して、やっとできた時はほっとして至福に包まれた。「やれやれ」という安堵感と「うまくできた」成就感で小躍りしたくなった。そしてまた、かかわってくれた看護師さんも同じ雰囲気を醸し出していた。妙な一体感。互いに「イェー」なんてハイタッチしたい衝動に駆られたものだ。

しかし今回の検査はそこまでいっていないから、実にあっさりしたものだ。とは言え、相変わらず力を抜くのはへたくそだった。「そんなに力んで、どうするねん」と突っ込みを入れ、「そんなに肩肘張って生きてたら、疲れるで〜」と慰めて、「こんな私に誰がした」と恨み言の一つも言いたくなった。こんな私も、小学生の頃は取り立てて目立つ子どもではなかった。着ている服も持ち物も性格も、おしなべて地味だったし、遊ぶおもちゃが少なかったから、地面に磁石を滑らせ、よく砂鉄採りをしたものだ。何もないところから、引き寄せられてくる砂鉄がおもしろくて、不思議だったからだが、精神構造はいたって単純だった。

それがどうしたわけか年を経るほどに、ややこしいものばかり引き寄せるようになった。災難も不運もトラブルも、理不尽な話も次から次へとやってきた。その中にはブラックユーモアにはなっても、ユーモアになりえないものもあったから、ほとほと困ってしまった。

縁ってなんだ？　血のつながりってなんだ？　家族ってなんだ？　仲間ってなんだ？　そう自問自答して、苦悩する一方で、人とのつながりで救われることもあった。持ちつ持たれつ、助け助けられ、支え支えられて、ここまで生きてこられた私だ。

あとがき

どん底の時は生きる希望を見失いかけたこともあったし、面倒くさいことだって、たくさんあった。でも生きていないと味わえないことだって、貴重な経験だってあった。今は人生を捨てなくてよかったと本当に思っている。せっかくだから目いっぱい生きてやろうと思っている。神様から「ストップ」がかかるまでは……。未来にはおもしろい出会いや爆笑できる出来事や、とびきりのハプニングがきっと待っているだろう。そう思うとちょっとワクワクしてくる。

空行く雲を眺めながら、カラスの鳴き声にちゃちゃを入れながら、ワンコの恩返しをあてにしながら、顔を上げて生きていこう。明日に向かってレッツ、ゴー。

最後まで稚拙な文章を読んでいただき、本当にありがとうございました。また貴重なお時間を割いていただき、ありがとうございました。金一封はありませんが、貴方の忍耐力とご厚情とその心の余裕に金メダルを。

皆様にご多幸あれ!!　(^_^)v

著者プロフィール

まだ あっこ

兵庫県出身。昭和三十三年の戌年生まれ。
現在、兵庫県下で老犬と幼犬と三人暮らし。お犬様中心生活を楽しんでいる。

著書：『なんでやねん　ごまめの歯ぎしり』（2022年、文芸社）

うっそ～！ あかんたれブーが、ほえた

2023年6月15日　初版第1刷発行

著　者　まだ あっこ
発行者　瓜谷 綱延
発行所　株式会社文芸社
〒160-0022 東京都新宿区新宿1－10－1
電話 03-5369-3060（代表）
03-5369-2299（販売）

印刷所　株式会社フクイン

ISBN978-4-286-30087-0　日本音楽著作権協会（出）許諾第2302214－301号